部長なんか今日いじわるです

戸瀬つぐみ

Tsugumi Tose

EB

エタニティ文庫

目次

部長、なんか今日いじわるです　5

ドレスか白無垢か、それは重大な問題だ　269

書き下ろし番外編
上司と部下の数年後　299

部長、なんか今日いじわるです

1

「処女が重いんです！」

素面なら絶対に言わないセリフを、私――結城操は酒の勢いに任せて上司に吐き出した。

それは金曜日の都内のバーで、時刻は日付が変わる一時間前。終電で帰るとしたら、そろそろ店を出ないといけない時間だった。

「どうにかして脱処女するため、結婚相談所にも登録しました。合コンにも行きました。……連絡先を交換して、デートに誘ってくれた人もいます。でも、いざとなると躊躇してしまうんです。過去の失敗がどうしても頭をよぎって……また相手をがっかりさせてしまうんじゃないかって不安になるんです」

そう言って、私は残っていたカクテルを一気に飲み干した。

「元彼に別れ際、言われました。お前じゃ勃たないんだって。……私の女としてのプライドをズタボロにしたあの男は、E●になってしまえばいいと思います……呪ってやる！　もしくはハゲろぉぉぉぉお」

普段、居酒屋チェーンの薄いお酒しか飲んでいなかったのがよくなかったか、口当たりのいいカクテルが、私の精神も酔わせていた。

泣きながら下品な言葉を連発しても、一緒にいる上司は顔色ひとつ変えることはなかった。

私が一通り愚痴をぶちまけて大人しくなったところで、上司が左腕の高級腕時計をちらりと確認し、すっと立ち上がる。

──ああ、もう帰らなくてはならない時間なのか。

ただ時刻を確認するだけの、その仕草さえ洗練されている素敵な上司。本来ならこんな個人的なことを打ち明けられるほど、親しい関係ではない。

今夜、この時間はプライベートだと言ってくれたけれど、それは、私が退職を申し出た結果、悩みを聞いてもらえることになり、話しやすいよう気遣ってくれたからだ。彼が私に対して、男女の感情を持って誘ってくれたわけではないとわかっている。

それでも、他の女性社員との噂を一切聞かない鉄壁の上司と、こうして二人で飲みに来られたのはとても幸福な時間だった。

どうせなら、少しでも楽しい会話をすればよかったのに……今更後悔しても遅い。

私は、ふらつきをなんとか抑え立ち上がる。

自分のバッグを持とうと手を伸ばすが、一歩早く上司がそれを回収する。

「問題を解決しようか？」

「……えっ？」

思ったより近い距離で囁かれ、心臓が飛び跳ねた。

「その重いバージン、僕がもらうよ」

§

もし私が、自分のことを包み隠さず自己紹介するとしたら——

結城操。二十七歳、独身。現在、恋人はいない。……そして処女。

大学の服飾科を卒業後、アパレルメーカーに就職。婦人服ブランドのパタンナーとして働いている。

職場では上司や同僚にも恵まれて、毎日楽しく仕事をしている。

私生活では、半年前に長く付き合っていた彼氏と別れてしまったけれど、フラれたこと自体は引きずっていない。

でも私は、別れてから半年たっても、新しい恋をはじめられずにいた。

元カレに最後に言われたあの一言が原因で、女としての自信をすっかり失ってしまったからだ。

父が名付けたと聞く「操」という名前の呪縛（じゅばく）か、パートナーがいたにも拘（かか）わらず、私には性交渉の経験がない。

キスやそれ以上のことはしたことがある。でも、「一線」がどうしても越えられなかった。

私自身は、結婚まで絶対行為をしないという貞操観念は持っていない。人並みに興味はあるし、好きな人とならしたいと思っていた。

だけどどういうわけか、元カレとはうまく身体を重ねることができなかった。

同郷で幼馴染（おさななじ）みだった元カレと付き合うことになったのは、大学卒業のタイミングだ。それまでは、ちょっと意識し合う仲だけど、一歩踏み出せずにだらだらと……という状態だった。

卒業したら連絡をしないと会うこともなくなる、そういうタイミングで彼のほうから『付き合おう』と言ってくれた。正式に彼氏彼女になれた時は幸福の絶頂だった。

付き合いはじめたらすぐにキスはしたし、裸になってそういう行為にチャレンジしたことは何度もある。

けれどお互いがはじめてで、最初にうまくできなかったことが、あとを引いてしまった。

その後、何度挑戦してもできなかった。一度目と二度目は私がひどく痛がったせいで、その後の理由は元カレの名誉のために、一応伏せておくことにする。

徐々に挑戦するのが苦痛になってきて、いつしか甘い雰囲気が消え去ってしまった。

それでもずるずると過ごしてしまったのは、友人や同郷といった共通項がしがらみになっていたからなのかもしれない。

実際に別れてみると、それはなんの枷でもなかったと知ることができるのだけれど。

そんな惰性で続いていた関係だったとはいえ、何年も一緒に過ごしていたのに、私は彼の不満に気付いていなかった。彼が私の知らない間に「脱・童貞」していたと知った時は、本当に驚いた。

ある日、彼のアパートの前に、お胸の大きな女の子がたたずんでいた。『彼が好き』と泣きながら訴えられた時は、いっそ申し訳ない気持ちになった。

ここで潔く身を引けるいい女になりきれれば、どれほどよかっただろうか。しかし彼と二人で別れ話をした時は、やっぱり怒りが込み上げてきて、たくさん文句を言ってしまった。

『なんで浮気したの？』

私が喧嘩腰で問いかけると、彼はこう返してきた。

『お前じゃ勃たないんだよ』

それが私を貶(おとし)めるためのデタラメならよかったのに、真実だから余計辛い。

それでも彼と別れたあとは、ここから新しい自分になったつもりで、人生を楽しもうと思っていた。恋愛がすべてじゃない。仕事に打ち込んだり、趣味を充実させて自分磨きをしようと決意したりした。

意気込みだけはよかったのに、人生はままならない。

数か月前に、実家の両親からある問題を突き付けられ、今後の自分の人生について悩み出してしまった。

そして迎えた二十七歳の誕生日。私はとても前を向いているとは言えない気持ちで会社に出勤した。

前日の夜、時間をかけて書いた退職届を持って。

「会社を辞めたいって？　結城くん、どうした唐突に？」

「勝手を言って申し訳ありません」

退職届を出したのは出勤直後。

昼過ぎに部長からの呼び出しを受け、私はミーティングルームで面談をすることになった。

今、対面に座っているのは、私は所属する婦人部のトップ、瀬尾(せお)部長。ファーストネームは諒介さん。純日本人にしては鼻が高く、彫も深く、秀麗な顔立ちをしている。創業者であり現会長の外孫にあたる瀬尾部長は、三十二歳の若さで婦人部のトップを任されている。

デザイナーとして看板を背負ってきた会長はご高齢で、まもなく引退するという噂がある。その後継者と言われているのは、会長の内孫で、紳士部のチーフデザイナーを務める人物だ。

瀬尾部長は、次の世代に引き継がれていく会社を経営面で支えるために、今後さらに上のポストに就くはずだ。

もちろん、創業者一族だからといって、地位に胡坐をかいているわけではない。低迷していた婦人部の売り上げを回復させた実績を持つ、尊敬すべき上司だった。

そんな瀬尾部長は、私にとって雲の上の人で、遠くから眺めているのがちょうどいい。近すぎると緊張してしまう存在だった。

その瀬尾部長が、今、物憂げな表情を浮かべている。それだけで、とにかく謝りたい気分になった。

「君はこの前、社内コンペに作品を出していたし、新しいブランドの立ち上げメンバーにも手を上げていたはずだ。それなのに急に会社を辞めたいなんて、おかしいじゃないか」

部長に指摘された通りだ。

最近の私は、今まで以上に仕事に打ち込んできた。新ブランドのデザインコンペにも、並々ならぬ意気込みで参加した。

パタンナーの仕事も好きだけど、自分のデザインした服が店頭に並ぶことは、学生の頃からの夢だったから。

うちの会社は定期的に社内でデザインコンペを開催している。入賞すれば商品化のチャンスもあるし、コンペで何度も入賞して、今はデザイナーとして活躍している人もいる。

いつかは自分もそうなりたいと思っていた。でも、夢をずっと見続けるのは案外難しい。

「そ、その……なんというか、家庭の事情で」

「ああ、そういえば、長く付き合っている人がいると聞いたな」

部長が遠慮がちに呟(つぶや)いた言葉に、私はあわてた。

普段は絶対にプライベートを尋ねてはこない部長の記憶の片隅に、そんなどうでもいい情報があったことにまず驚き、そしてそれが古い情報であることに戸惑う。

社外の彼と別れました、なんて無駄な報告をする機会も必要性もないのだから、仕方ないけれど。

部長は自分の顔の前で指を組んで、私の反応を窺(うかが)っている。浮かべられた笑みは私の警戒心を解くためなのか。

これではまるで「結婚するから退職します！」と私が言い出すのを待っているみたいだ。

「誤解しないでくださいね！　結婚の話はありません。それどころか、ふりだしに戻ってしまい……」

その時突然、ミーティングルームにガタッという音が響いた。

「……別れたのか？」

瀬尾部長が椅子から腰を上げ、なぜか驚いた顔をする。

響いた音は部長が座っていた椅子が立てたものらしい。

「はい」

私が肯定すると、部長は何事もなかったかのように座り直して、今度は独り言を吐き出した。

「そうか、別れたのか」

「はい」

なぜ、二度繰り返したのか。部長にとって重要なことではないはずなのに。

「あの……その件は退職とまったく無関係とは言えないんですが、直接的な原因ではありません。簡単に説明すると、最近いろいろありまして、実家に戻ることになってしまいそうなんです」

「うん？　話の背景が見えてこない。それに、なんだか退職に対して消極的に聞こえるが、迷う理由があるのか？」

「仕事とは関係ないことなので」

「なるほど、プライベートなことは話したくないと」

「ただの愚痴になってしまうので」

「愚痴くらい、いくらでも聞くさ。それに、優秀な部下が会社を去ろうとしているのに、放置するなんてできない。せめて納得できる理由を聞かせてほしい」

「でも……すごく個人的なことで、部長に聞いていただくのは申し訳なくて」

私がそう言うと、部長はしばらくの間考え込んでから、ひとつの提案をしてきた。

「だったら、僕が上司だということは忘れてもらって、あくまでプライベートで話をしよう。今夜、場所を変えて」

そうして終業後、瀬尾部長が連れて行ってくれたのが、一軒のお洒落なバーだった。

案内されたのはカウンターではなく、店内にひとつしかないボックス席。

バーテンダーさんとの距離もあり、大きな声を出さなければ、お店に流れるジャズに紛(まぎ)れて会話の内容は届かない。デキる上司はお店選びも完璧だ。

最初はビールベースのカクテルを注文して、あたりさわりなく仕事の話をした。

二杯目は、部長が私の好みに合わせて柑橘(かんきつ)系のカクテルを注文してくれ、趣味だという釣りの話をしてくれた。

緊張が解(ほぐ)れてきたところで、三杯目の甘いショートカクテルが目の前に置かれる。そろそろ退職の理由をちゃんと説明しなければと、私は覚悟を決めて切り出した。

「仕事を辞めようと思ったのは、しばらく前に交際していた彼と別れたことが、きっかけといえばきっかけで……」

瀬尾部長が不思議そうに見つめた。

「君は失恋をしたら、それを糧(かて)に頑張ってくれるタイプだと思っていたよ」

「その通りです。もう恋愛はいいから、仕事に生きてやる！　って、この半年頑張りました」

口当たりのよさとは裏腹に、度数の高そうな赤い液体を、私はごくりと飲み込んだ。

「元カレは同郷の幼馴染(おさななじ)みだったんです。だから、別れたことを黙っていたのに、数か月前、実家の両親にばれてしまい……。私は一人娘のため、結婚しないなら実家に戻って、家業を手伝いながら地元の男性とお見合いしろと言われました。それがいやで、ずっと誤魔化していたら……先日とうとう、母に泣かれました」

「早く結婚させたいだけなら、なにも会社を辞めさせる必要はないんじゃないか？」

「その通りです。実際には、両親は私を連れ戻して、父のお気に入りのお弟子(でし)さんと結婚させるつもりなんです。でもその人と私、これっぽっちも気が合わなくて」

その人は、家具職人である父の工房で働いている。

まだ私が実家にいた高校生の頃から顔を合わせる機会があったが、よい印象がない。

いつも睨(にら)んでくるし、きつい態度が少し怖かった。

彼も私のことをよく思っていないようだったので、お見合いの話も、相手から断ってくるだろうと甘く見ていた。

しかし、なぜか先方も承諾していると母は言う。

「お弟子(でし)さんは私と結婚すれば、父の跡継ぎになることが確約されるので、断らないつもりみたいなんです。だから、私は母を説得できる理由を探さなくてはいけなくて、つい、もう別の彼がいるからと嘘を……」

一度嘘をつくと、それを守るためにどんどん嘘の上塗りをしてしまう。

最初は新しい恋人ができたと伝え、お見合いの話を断っていた。

代わりに、相手がいるならちゃんと紹介するようにと言われたが、私はそれを曖昧(あいまい)にかわし続けた。

まだ付き合いはじめたばかりだから、相手の負担になるようなことはしたくないと私が言えば、それは誠実な対応ではないと母は返してくる。仕事の忙しさを理由にすれば、たった一日の都合がつけられない理由を問いただされてしまう。

結局母は納得せず、今私は新しい彼を紹介するか、お見合いをするかの選択を迫られている。

「嘘を本当にしようと、こっそり婚活してみたのですが、まったく、全然、どうにもなりません……」

「まったくってことはないだろう。君は若くて綺麗なんだから。もしかして、前の恋人が忘れられないとか？」

「まさか、そんな、違います！」

「ものすごく理想が高い？」

「身のほどは、わきまえているつもりです。……そうじゃなくて、ちゃんと原因があって……」

――思えば、この辺りから相当酔いが回っていたのだろう。そして瀬尾部長はかなりの聞き上手だった。

だから、思わず言ってしまった。婚活がうまくいかない最大の原因を。

「処女が重いんです！」

ため込んでいたものを口にしてしまえば、それだけでなんとなく心が軽くなる。

一番恥ずかしい部分を告白したことで、怖いものがなくなり、元カレに言われた言葉がきっかけで、自分に自信が持てないこと、合コンで知り合った相手とのデートで逃げ帰ったことも赤裸々に打ち明けた。

「女としての魅力に欠けている私が、新しい恋人を作るなんて無理なんです」

もういっそ、親の望むように田舎へ帰るべきかと、気持ちがあきらめの方向に傾いたのが数日前。

そうして、誕生日の今日を節目にしようと、退職届を出すことに決めた。

ぐだぐだと、要領を得ない話になっていたかもしれない。途中で下品なことを吐き出していたかもしれない。

私が「……そんなわけなんです」と、話を締めくくったところで、返ってきたのは長い沈黙だった。

「つまらない話をして申し訳ありませんでした」

「いや……」

その時の部長は、珍しく困った顔をしていた。

私は、情けない話をしてしまったことを後悔する。

部長は自分の腕時計を見て、時間を確認すると無言で立ち上がった。

もう帰らなければいけない時間だったのかと、私もゆっくり腰を上げる。

「経験があれば、君は自信を持てるのか？」

ふらつく私を部長がすかさず支えてくれた。

触れられた腕に力が込められ、身体が傾く。

互いの距離が縮まって、声が耳の近くから聞こえる。いつも聞いているはずのその声が、まったく違う人のものに聞こえた。

そこにいるのは、信頼の置けるいい上司ではなく、危険な異性。

「問題を解決しようか？　……その重いバージン、僕がもらうよ」

「……」

瀬尾部長の思わぬ誘いに、頭より先に身体が反応した。一瞬なにを言われたのか理解できずにいたが、酔いは一気に醒めていく。次いで、お酒によるものとは違う熱が、私の顔を耳まで真っ赤に染める。

「あの、私」

提案を受け入れることも、拒絶することもできずにいると、部長は淡々と会計を済ませ、私の手を引いた。彼の手を払いのけることができない現実が、私の本心を表している。

「僕の部屋とホテル、どっちがいい？」

店を出てタクシーを待つ間に、部長がまた私の耳元で囁いた。耳から入った声が、身体をかけ巡り、私はぴくりと肩を震わせる。信じられない。

真面目で、寡黙で、特に女性社員に対してはクールな瀬尾部長が、今どんな顔をして私を誘っているのか。

見上げるように顔を窺うと、部長は目を細めて笑った。それは職場では絶対に見せない顔だ。

私は嬉しくて、夢でもいいから、湧き上がった情熱にこのまま流されてしまいたいと思った。

回らない脳をフル回転させて、部長から与えられた選択肢について考える。

部長の部屋か、ホテルか――

部長が一人暮らしだとしても、部下の私が上がり込むのは気が引ける。

「あの、ホテルってどの辺りのホテルですか？」

私の感覚だと、こういう時に利用するのは、手軽にカップルが宿泊できるラブホテルだ。でも、部長と私が同じ感覚を持っている自信がない。

「近場だと、あそこはどうだ？　空きを確認してみようか」

部長が示した建物は、都内に住んでいる人間なら誰でも知っている高層ビルだった。

確か、そのビルの中には、お高いことで有名なホテルが入っている。

「あ、あの、じゃあ、私のアパートで……狭いですけど」

不要品をもらっていただく側としては、部長にホテル代金を払わせるわけにはいかない。でも高級ラグジュアリーホテルに連れていかれたら、高額な宿泊費の支払いが怖い。そもそも部長は払わせてはくれないだろう。

だから私は、第三の提案をしたのだ。

「アパートか……。それは却下だな。壁が薄いのは好きじゃない」

苦しまぎれに出した提案は、さらりと一蹴されてしまう。この返答は、ただのセレブ発言なのか、それとも壁が薄いと不都合が生じる事態になるからなのか、あるいは両方なのか……などと無駄なことを悶々と考えている間に、タクシーが目の前に停車する。

部長が運転手に行き先を告げると、すぐに車は発車した。

車の窓越しに見える都会の夜景。珍しくもない景色が特別に思える。車の中で私は一言も発せられず、ただうるさく鳴り響く自分の鼓動の音を聞いていた。

顔も火照って、きっと赤くなっている。期待と緊張だけが増幅し続けることに限界を感じはじめたところで、タクシーがハザードランプをつけて停車したのは、住宅街にあるコンビニエンスストアの前だった。

二人でタクシーを降りたあと、部長は、買い物があるからと私を店の前で待たせて、一人で店内に入っていった。なにを買うのか窓ガラス越しにこっそり眺めていると、彼は小さな箱をひとつ手に取って、レジへ持っていった。

それが避妊具であると察した私は、恥ずかしさのあまり、戻ってきた部長と目を合わせることができなかった。

「お待たせ」

部長は平然とした態度で、私の手を引いて歩き出す。

数分後。辿り着いたのは、外壁がコンクリート打ちっぱなしの小さいマンションだった。

部長はエレベーターに乗り込み、五階まであるうちの四階のボタンを押す。おそらく部長の自宅なのだろう。

噂によると、瀬尾部長の父親は、うちの会社とは直接関係のない大きな企業の経営者だという。御曹司だから、高級タワーマンションに住んでいるのかと想像したけれど、小さいマンションの一室なんて、案外庶民的で親近感を持つ。

親がお金持ちで、将来有望で役職がついていても、サラリーマンはサラリーマン。

私が想像できるくらいのお給料だとしたら、当然と言えば当然だ。

……そう思っていられたのは、短い間だった。

到着したフロアに、扉がひとつしかないことにまず違和感を持った。

共有スペースの通路に、たくさんの扉が並んでいるような、私が知ってる集合住宅とは随分印象が違う。

実際に扉が開くと、奥には想像以上の光景が広がっていた。

「すごい広い……それに、なんでマンションなのに部屋の中に階段があるんですか？」

「メゾネットタイプになってるんだ。広さは一般住宅とそう変わらないよ」

「四階と五階、全部が部長のお部屋ということですか？　一人で住んでるんですよね？」

「ああ、だから使ってない部屋もある」

「そんな、もったいない……」

思ったことを、うっかり口に出してしまい、私はあわてて口を押さえた。

「もしかして、浪費家だと思われているのかな？」

「いえいえ……」

「この年だから、将来のことを視野に入れて購入しただけだ。投資で利益が出た時にね。さあ、遠慮せずどうぞ」

促（うなが）され、部屋の中に足を踏み入れる。

大理石の玄関……といっても段差がなく、部屋の間仕切りもない。フロア全体が見渡せる場所で、私は立ち尽くした。

背後で施錠していた部長が「靴のままでいい」と教えてくれる。……ここは本当に日本なのだろうか。

「誤解がないように言っておくが、いつも部屋に女性を連れ込んでいる訳ではない」

それはそうだと思う。こんな場所にほいほい女性を連れ込んだら、帰りたくない人が続出して困るに違いない。

私だって、憧れの上司のご自宅に入れてもらえて、正直かなり舞い上がっている。

「社内の人間を連れて来たのもはじめてだから。この意味、わかってる？」

意味深に問われ、私は試験時間終了間際に解答用紙の空欄を埋めるように急いで答えた。

「わ、わかってます。絶対に勘違いしたりしません。部長は私のいらないものをもらってくれるだけです。大丈夫です。職場で自慢したり、気安く声をかけたり、そんなこと絶対しませんから、安心してください」

割り切った大人の関係と言えばいいのか。わかってる。ちゃんとわかってるつもりだ。

それはそうと、心配なこともある。

「あの、部長は私が相手で楽しめますか？　処女ってめんどくさいって……」

都市伝説的な男性の意見が、すでに私の固定観念になっている。

心配になって部長を見上げると、彼は優しく笑って顔を近付けてきた。反射的に逃げるように引いた顎を逃さないと、くいっと持ち上げられる。

「んっ……ン、ン…………部長っ」

何度か角度を変えて唇を重ね合う。ふんわりとお互いのアルコールを含んだ吐息が混じり合って、また酔ってしまいそうだ。

口付けのたびに身体の距離も近付いて、もつれるように抱き合った。

膝は震え、ヒールのある靴では身体を支えきれなくなっている。思わず部長の首に腕を回すと、口付けはより深くなり、舌が絡み合う。

いやらしい、まるで恋人同士みたいなキス。

「はぁっ……んっ……ンっっ」

なんでこんなに興奮しているんだろう。どんどん荒くなる息遣いに、少しだけ残っていた冷静な私が疑問を投げかけてきた。

（そっか、私、キスも久しぶりなんだ）

キスだけで倒れそうなくらい翻弄（ほんろう）されている。やっぱり経験値が高い大人の男は違う。部長はとにかくキスがうまい。いや、うまい下手を判断できるほどの経験はないけれど、このキスが好き。

呼吸の方法を忘れがちになり、思い出したように鼻で大きく息を吸い込むと、スーツから魅惑的な大人の香りがした。

部長は私の下唇をペロリと舐（な）め、いたずらを思いついたように言った。

「正直、処女はめんどくさい」

「えっ……」

もしかして、私のキスが下手だった？　魅力も経験もない私じゃ、やっぱり部長を満足させられない？

戸惑う私に、部長はまた軽く唇を重ねる。

「ついさっきまでは、僕もそう思っていたけど考えが変わった。君に処女だと告白されて、なぜかわからないがとても興奮した」

どこがどう興奮したのか、グッと下半身を押し付けられて思い知る。

「新しい性癖を目覚めさせた責任をとってくれるかな、結城くん？」

口の端を片方だけ上げて笑う瀬尾部長は、職場では絶対に見せない危険な光を瞳に宿していた。


部長が、寝室があるという上階へ案内してくれる。上階は温かみのあるクッションフロアになっていて、独立した部屋がいくつかあるようだった。

螺旋（らせん）階段を上がっていった廊下の一番奥が、主寝室。

セミダブルのベッドと一人掛けのソファーチェアと、小さいテーブルがあるだけのシンプルな部屋。室内には入り口とは別の扉があり、そこはクローゼットになっているようだ。

「シャワーはあとでいいだろう?」

部屋に足を踏み入れたものの、これからどうすればいいのかわからない。戸惑っていると部長が背後から私を抱きすくめる。

――セックスをする前って、こういうものなの?

それが、割り切った関係だったとしても、その一瞬だけは恋人同士みたいに触れ合うのが普通なの?

部長が、胸元まである私の髪を払いのけた。首筋にそっと唇が触れると、それだけで甘い痺(しび)れが生まれる。

「で、でも、私、きっと汗かいてるし……んっ、部長っ!」

チュ、チュと首筋を吸われて、くすぐったさより官能的な痺(しび)れが強くなっていった。

「ここで中断したら、君がグダグダ迷いはじめそうだから」

「……部長、なんか今日いじわるです」

「僕も、自分にこんな一面があるなんて知らなかった。普段は女性の気持ちを最優先している」

「だったら、今日もそうしてください。先にシャワーを使わせてもらえませんか?」

「だめだ」

部長は少し強引に私の身体を抱きかかえ、そのままベッドまで歩いていく。

「やっ、重いから」

大人になってから、誰かに全体重を預けたことなどない。落下の恐怖から、部長の首に腕をまわしてしがみついた。

すぐに柔らかいマットレスの上に丁寧に下ろされる。私の家のベッドと違う、身体を包み込むような心地よさが、抵抗する意思を鈍らせる。

私がベッドの海で溺れている間に、乗りかかってきた部長の身体に動きを封じられてしまう。

「さて？」

どうしてやろうかと、部長が不敵に笑う。

部長の手がそっと伸びてきて、服越しに私の胸をなぞっていく。敏感な先端部分は、まだ服と下着に包まれているのに、触れられると否応なく主張してきてしまった。

部長は、その部分をおもしろそうに何度も擦った。

これは恥ずかしい。部長の微笑みは「服の上からでもわかるぞ」と、私のはしたなさを指摘しているようだ。でも、恥ずかしいのに、気持ちがいい。

何年も眠っていた、自分の女の部分の情熱をこれでもかと呼び起こされて、じれったさが増していく。

「あの、愛撫とか、あまりしなくても……」

急いた気持ちになり、思わずそう言った。

今の部長にじっくりと時間をかけられたら、特別な感情が生まれてしまいそうだ。手遅れになる前に引き返さないと、戻れなくなる。

「やっぱりおかしい……」

部長が私を不思議そうに見つめる。

「私が？」

「いや、僕が。いやがられると、すすんでしたくなる。時間をかけるなと言われたら、朝まで嬲ってみたい気がしてきた」

「冗談ですよね？」

「僕は、あまり冗談を言わないタイプなんだ。……早く終わらせたいのなら、自分で服を脱いだらどうだろう」

「でも、部長が上に乗っていたら脱げません」

「頑張ればできるさ。ほら、上だけでも」

私の腰は、部長の膝にがっちりと挟まれていて、完全に身を起こすことはできない。身をよじり、なんとか動かすことができる手を伸ばし、カットソーの裾を引き上げる。身をよじり、なんとか頭を浮かせて服を脱いだ。

「なんだ、器用なんだな」

もたつく様子を楽しみたかったのか、つまらなそうな顔をする。本当にいじわるだ。こんな人だなんて知らなかった。

睨みつけると楽しそうに顔を近付けられて、なぜか鼻をつままれた。

驚き、目を見開く。これでは鼻で息ができないから、当然口も開く。

「んっんんん――――！」

まるで、私の喉の奥を目指しているかのように、部長の舌が滑り込んでくる。

荒々しく口の中を犯された。唾液が混じり合い、舌が搦めとられる。歯と歯がぶつかりカチッと小さく音を立てても、さらに奥を探ってくる。

いつの間にか、部長の指は鼻から離れていたけれど、息をするのも危うく忘れそうになった。苦しさから彼の胸を何度も叩くと、ようやく解放される。

「はぁっ、はぁっ……私の息を止める気ですか？」

ほんのり眦に涙が浮かぶ。

「やばい……」

部長は口元を手で覆いながら呟いた。

「君がいやがったり戸惑ったりしている姿を見ていると、たまらなく興奮する。正直自分でもかなり混乱している」

そう言いながら、部長は私の上から退いていく。

私はようやくその重さから解放され、ほっとする。でも部長の目は、私を自由にしたふりをして、実は逃がさないとしっかり見張っていた。

危険な人から逃れたい私は、そのままズリズリと後退る。ベッドのヘッドボードまで辿りついた時、今度は簡単に足首を捕らえられた。

「やっ……」

片方の膝裏を持ち上げられて、スカートの中が彼の視界に晒される。ビリッと破かれたのは穿いていたストッキングだ。

「部長……やだっ」

破かれた隙間から部長の指が滑り込み、私の秘所に触れる。

「しっかり濡れてるじゃないか」

部長は私の秘密の谷をなぞり、溢れていた蜜をすくい取るよう指先に絡めた。そして、濡れた指先を私に見せつけたあと、それを自分の口に含んだ。

「そんなこと、しないでください。……汚い」

「汚くなんてないさ。君も興奮している証拠なんだから、嬉しいよ」

私は羞恥のあまり耳を赤く染めた。このいやらしく危うい行為に、味わったことのない興奮を覚えていることは否定できなかった。

煩(わずら)わしそうにネクタイを外した部長は、シャツのボタンを、上からいくつか外していく。

その所作に思わず見惚(みと)れる。男性らしいほどよく厚みがある胸元が覗(のぞ)き、私はごくりと唾(つば)を呑み込んだ。

美しい裸体を披露(ひろう)してくれるのかと、期待しながら待っていると、部長は服を緩めただけで、また私の服を脱がしはじめる。

ブラもスカートも、さっき破いたストッキングも、すべてが剥(は)ぎ取られていく。結局全部脱がすのなら、わざわざ破く必要はなかったのに。

自分だけ裸になるのは恥(は)ずかしい。それもきっと、部長のいじわるのひとつだ。

身体を隠すものがなくなって心もとなくなり、私が胸を自分の手で覆(おお)うと、部長はさっき外したネクタイを手に持った。

「隠すと、縛りたくなる」

目が本気だ。

「痛いのと、苦しいのはやめてください」

「君が本気でいやがることはしない」

なおもネクタイを手に迫ってくる部長を、私は必死で押しのけた。

「それだけは本当にいやです」

「……わかった、今日はしない。その代わり、ここへ来て自分からキスをして？」

しぶしぶ手にしていたネクタイを手放した部長は、ベッドの上にあぐらをかくと、そこを指して言う。

下着すらつけていない私が、高そうなスラックスをはいたままの部長の上に、直接座ることはできない。めいっぱい近付き、膝をついて唇を寄せる。

「もっと激しく、舌を絡めて」

要求通りに、懸命に舌を絡ませる。さっきまでの一方的に受けるだけの口付けとは違い、急に自分が淫らな女になった気分になった。

私の秘所は、触れられてもいないのに、またじっとりと蜜をしたたらせていく。

「あっ……」

口づけの最中に尖った胸の先を刺激され、思わず小さく喘ぐ。唇を離してしまうと、後頭部に部長の片方の手が回り、また距離をゼロに戻された。

キスをやめたことを咎めるように、先端を強くいじられ、そのたびに私はくぐもった悲鳴を上げた。

胸をいじっていた部長の指が、やがて下へと移動していく。内腿をとんとんと叩かれ、脚を開くように促された。できた脚と脚の隙間に彼の指が忍び込む。

くちゅ、くちゅと、上からも下からも、聞きなれない水音が響き、私を淫猥な世界に誘い込んでくる。

「んっ……、ゃっ……んっ、ンン」

唇を離すとなにをされるかわからない。部長の肩にしがみつき、必死に食らいつく。

それでも一番敏感な肉芽を執拗に攻められたら、せり上がってくる強い刺激に耐えきれない。

「ああっ、あっ……そこはっ！　やっ……」

喘ぎながら、空気をたくさん吸い込んだ。不足していた酸素が急に身体を駆け巡り、痺れとだるさが襲う。

部長の肩にもたれかかって、それでもなお、やまない刺激の波を震えながらやりすごす。

「……もう、いれてください」

このままこの人に翻弄され続けたら、自分が自分でなくなってしまう。未知の領域へ足を踏み入れる恐怖より、終わりの見えない快楽に不安を覚える。だから、私は早い決着を望んだ。

「まだ、ほぐしてない。痛いのはいやなんだろう？　指で慣らすから、もう少し脚を開いて」

たっぷりと潤っていた蜜口は、指の侵入を簡単に受け入れた。

入り口を掻き回すように探られると、とろりとした蜜が溢れて内股を伝う。

そのことに彼も気付いたのか、にやりと私を見た。

「指を増やしてみようか」

すぐに二本目の指が差し込まれる。

「二本目も余裕だ。ひくひくと喜んで咥え込んでいる」

部長の指先が、奥からなにかを掻き出すように刺激を与えてくる。指の動きに応えるように、私は自分の身体から湧き出てくるものがあると自覚した。

ピチャ、ピチャと水音が響く。

「あっ……あっっ、だめっ！　汚れちゃうから」

彼の手も服も、ベッドを覆うシーツも、私のいやらしい蜜で汚れてしまう。

やめてと懇願しても、私を追い詰めることに夢中な部長は、決して手を止めてはくれなかった。

「構うものか。……汚していい」

さらに強く奥を刺激され、自分が制御できなくなった。

「あっ、あっ、やっ……あああっ」

指を追い出すように中がうねる。ひくひくと蜜口を痙攣させながら、シーツに雨を降らせていく。

全身が些細な刺激にも感じてしまうほど敏感になり、私はその場にくたりと倒れ込んだ。

「……もう、いれて」

このままでは、本当に朝まで嬲られる。追い詰められた私は、もう一度力なく自分からねだった。

それでも部長は自分のモノを解放することなく、今度はどろどろに汚れた秘所に、顔を近付けた。

「やぁ、汚いからっ……それはやめて、やぁっ……あっ、あっ」

指で、舌で、溶かされ、穢され、おかしくなりそうになる。どれくらいの間その行為が続いていたのか、時間の感覚がなくなるほど乱された。

「部長、ほんとにもう無理です、いれてください」

「肩書で呼ばれても、その気になれないな」

「瀬尾さん、お願いします」

「やり直し」

「……諒介さん、お願いします。いれてください、もう待てないの」

私が何度も懇願すると、部長はベッド脇に置いてあった避妊具を手に取った。自身の昂りを露わにして、繋がる準備をしている。その雄々しい姿を前に、ようやく望みが叶うのだと、私の身体は歓喜で震えた。

――一体今まで、なにをそんなに怖がっていたのだろう。今の私には、一線を越えることにためらいがない。彼から、怖がる隙を与えられてはいないのだ。

正面から硬く太い竿を押し込まれる。強い圧迫感が襲うが、我慢できないほどの痛みはない。

「……っん」

「大丈夫か？」

「はい……」

ゆっくり腰を進めながら、安心させるように、私の頭を撫でてくれる。

口付けで蕩かされながら、部長の熱い塊が私の奥の奥まで辿り着いた。私の身体の中に、自分以外の大きな存在がある。否応なく実感させられると、少しだけ怖くなった。

「部長……んっ、ふぅ、もっとキスして」

なにかにすがりたくて、私は自分からキスをねだった。

部長の熱い舌が私の口内を犯すたびに下腹部が疼き、自分の中に収まっているモノの存在を余計に強く感じてしまう。

「そんなに締め付けないでくれ。よすぎて余裕がなくなりそうだ」

「あっ……ごめんなさい……でも無理、だってこんなに大きいモノが……」

「痛い？」

「んっ……痛みは、それほど……でも、どうしていいのかわからなくて」

私がそう言うと、部長は繋がったまま自分だけ身体を起こした。

「力を抜いて、ゆっくり呼吸をするんだ」

秘部にある私の小さな突起に、部長が刺激を与えてくる。

じっとりと濡れてよくすべるその部分は、軽く擦られただけで、強い刺激が生まれる。

全身を駆け巡り、波のように何度も押し寄せる快感を、私は確実に拾っていた。

ぎゅっぎゅっと、自分の中にいる欲望の塊を締め付けてしまう。

部長は苦しそうに顔を歪め、額に汗を浮かべた。

締め付けてはいけないと言われたけれど、無理だった。

「んっ、あ、それ、だめです。触らないで。身体が言うこと聞かないの」

「ここでは気持ちよくなれない？」

「わからない、でも、部長が苦しそうだから、だめなんです。……あっ、んあっ」

快感を逃がそうと、シーツを掴み、私は腰をくねらせた。

「っく……。君がかわいすぎて、辛い。……少し、動くから」

部長は慣れない私のために、自分を抑えてくれていた。その優しさがたまらなく嬉しくて、愛おしくなる。

でも私は、彼にそこまでしてもらえるほど価値がある存在ではない。

「私……大丈夫ですから、もっとめちゃくちゃにして……ひどくしてほしい」

一晩で終わる関係なら、完璧な思い出なんていらない。これ以上優しくされることが怖くなった。

「煽った君が、いけない」

――痛いほうがまだいいのに。そんな想いとは裏腹に、私の身体は律動から、痛み以外のものを拾いはじめてしまう。

これを快感というのかはわからない、とにかく強くて激しいものに圧倒される。

「はあっ、諒介さん、部長……、ああっ、激しくて、んっ」

ぽたりと、部長から流れ出た汗が、肌に落ちる。そのわずかな刺激さえ快感となって私を満たす。

部長の先端は、私の奥までちゃんと届いていて、もうそれ以上先には進めないはずだ。それなのに、彼は何度も最奥の壁を叩いて、未到達の地がないか探し求めていた。

腹に近い部分を強く刺激されると、そこではっきりと快楽を感じた。泉のように淫らな雫が次々と溢れてくる。けれど部長の昂った陰茎が栓になって、放出を阻む。

「あっ……部長、私もう無理、だめっ、だめっ、私おかしい」

「いいんだ、おかしくなって……操」

はじめて名前を呼ばれ、それが合図だったかのように、大きな白い波が襲ってくる。腰を浮かせ、くねらせ、淫らに叫び、逞しい男の人の身体にすがり付きながら、私は果てた。

§

疲れ切ってうとうとしていたら、空は闇の色から、明るい青さを取り戻していた。隣に瀬尾部長の姿は見当たらず、私は部屋に一人だった。

部長のものらしき部屋着のシャツが、私の身体に無造作にかけられていて、とりあえずそれを羽織り、立ち上がる。

自分の服はどこだろうと見回すと、ソファーチェアの上にきっちりと畳まれ、置かれていた。

そして、新品のショーツとストッキングと歯ブラシ、旅行用の洗顔セットも一緒に用意されている。

「うわぁ」

どれも男性が一人暮らしをしている家には置いてなさそうなもの。

グレーの綿素材のショーツも、洗顔セットもよくコンビニで見かける商品だ。

（まさか、部長が一人で買いに行ったの？）

一体どんな顔をして、早朝のコンビニのレジに持って行ったのか。

想像しながら、おかしさと気恥ずかしさで頬を緩めていると、ガチャリとドアの開く音がして、バスローブ姿の部長が現れた。

「おはよう。起きたのなら、シャワーを浴びてくるかい？」

「はい、お借りします。あの……これ、買ってきてくださったんですか？」

「ああ。それしか売ってなかったから、好みに合わなくても我慢してくれ」

部長は缶コーヒーを買う感覚で、女性用ストッキングを買いに行けるらしい。ためらう人も多そうなのに、さらっとやってくれるなんて、すごい。

「シャワーの間に、僕は朝食を用意しておくから、済んだら下のダイニングにくるといい」

朝からさわやかに部長のおもてなしを受けて、私はただ戸惑った。昨日のいじわるな人はどこへ行ったのだろう。部長も実はお酒に酔っていたのかもしれない。

急いでシャワーを浴び、買ってもらった下着と、着て来た服に着替え、下の階に向かう。

階段を下りていくと、コーヒーと香ばしい食べ物の香りが漂っていた。

「たいしたものはないけど、……そこに座って」

コーヒーとトーストとサラダ。特別な品でなくても、人に作ってもらった食事はいつもよりおいしく感じる。

しばらく無言で食事をしていた私に、部長が問いかけてきた。

「今、どんな気分だ？」

「えっと、コーヒーがおいしくて、朝からとてもいい気分です」

「いや、そうではなくて、経験したらなにか気持ちが変わった？」

「……なにも、変わってないみたいです」

私は部長に嘘をついた。

本当は、昨日の私と今朝の私は全然違う。今朝の私の心は、すっかり部長に占拠されてしまっているからだ。新しい恋人探しのことなんて、もう考えられないくらいに。

「仕事を辞めたい気持ちに変わりはないということか……」

「あっ、いえ……それは！」

私と両親の問題はなにも解決していないけれど、今は、まだ仕事を辞めたくないという気持ちが強まってしまった。目の前にいる、彼と同じ場所にいたい。

「五年も頑張ってきた仕事だ。本当に辞めてしまっていいのか、時間をかけて考えてほしい」

「はい。もう少し、辞めないで済むように努力してみます。仕事……やっぱり好きですから」

そう返事をすると、部長は、昨日私が書いた退職届を持ち出して、目の前で破いてクズかごにポイと捨ててしまった。

「あっ……」

保留のつもりで言ったのに。

困惑しながら、それ以上なにも言えなかったのは、そこに「辞めさせない」という彼の強い意志があるように思え、嬉しくなったからだ。

部下として大切にしてもらえるなら、それで十分なはず。

食事を頂いたお礼に、私が食器を洗っている間、部長はそのままダイニングで新聞を読んでいた。

「あの、いろいろありがとうございました。お世話になりました。……帰ります」

この経験を、無理やりにでもいい思い出にしなければならない。あまり長居して、割り切れない女に成り下がるのはいやだ。

「待って」

立ち去ろうとした私を、なぜか部長が引きとめた。

「いや、あの……今日は休日だ。ゆっくりしていったらどうかな？　君は一時間くらいしか寝ていないから」

「家に帰って寝ます」

「……結城くん、一回男と寝たくらいでセックス上級者になったつもりなら、それは大きな間違いだと思う」

「えっ？」

「はっきり言ってキスも下手だし、君は男を気持ちよくさせるテクニックなんて知らないだろう？　そんなんじゃ、まだ自信を持って前に進めないいんじゃないか？」

「………………」

畳みかけてくる部長は、昨日のいじわるなほうの人格だ。

「もう少し、訓練をしたほうがいいんじゃないかな」

「そ、そうですか？」

「……僕でよければ、特訓に付き合うけど」

すっと伸びてきた手が私を囲う。選択肢は与えないと鋭く睨む。

「……部長」

見つめれば、恋人同士のような甘いキスをくれる。

「そうじゃないだろう？」

「……諒介さん」

「よくできました」

ご褒美のつもりなのか、部長が私を抱き寄せて頭を撫でた。

急にご機嫌になった瀬尾部長の真意は、どこにあるのか。都合のよい解釈をしてしまいそうになり、あわててその考えを打ち消した。

2

あの晩から、週末が近付くにつれ、彼女のことで頭がいっぱいになり、落ち着かなくなる。

自分でも、らしくないことをしたと思っている。今まで、社内の女性と深い関係になったことは、一度もなかった。理性で、そういう対象からは外していたからだ。

彼女――結城操はただの部下だったはず。持っていた印象は、もちろん「よい」だったが、それはあくまで一緒に仕事をする人間として。不埒な感情を宿しながら接したことなどなかった。

それなのに、彼女から交際相手と別れたと言われた瞬間、今までの自分の思い込みと常識が吹き飛んだ。

そして、否応（いやおう）なく自覚させられた。自分の中に潜（ひそ）んでいた、激しい男の感情を。

はじめて二人で夜を過ごしてから、三度目の週末が近付いている。

先週は金曜の夜に食事に誘い、そのまま僕の自宅で丸二日間過ごした。

泊まりの支度などしてこなかった彼女が、着替えがないことを理由に帰ろうとしたので、寝室に引きずり込んで、その気力を奪うという愚行（ぐこう）で引きとめた。

青臭いガキでもあるまいし、ただの欲まみれの逢瀬（おうせ）を繰り返すのはいかがなものか。

自分でもそうわかっているが、別の魅力的なプランが思いつかない。

今週末も彼女と二人きりで過ごしたい。そのために断りの口実にされそうな事柄は、すべて消し去っておかなければ。

一番いいのは、ストレートに泊まる準備をしてきてほしいと頼むことだ。しかし、まだはじまったばかりの関係なのに、束縛が強く、粘着質な男だと思われるのは避けたい。

なるべく自然に、彼女を留め置きたい。

水曜日、昼食はコンビニのサンドウィッチと缶コーヒーでさっさと済ませた。

僕が昼の電話番を申し出たおかげで、部署内のメンバーは皆どこかへランチに行ったらしい。

周囲に誰もいないことを確認し、スマホを取り出す。

最初はコンビニで買えるものよりましな着替えを、彼女のために用意しておこうと考えていた。仕事柄、女性の服の情報に毎日触れているから、世間一般の男より詳しく、また買い物に抵抗は感じない。

まず、着心地のよさとかわいらしいデザインで人気の部屋着を調べ、そこからごく普通の機能的な下着へ。しばらくすると、僕の興味はセクシーなランジェリーに移っていく。

肝心な部分が透けているブラジャー、なにも隠せないショーツ。魅せるためにしか必要ないであろうベビードール。外ではとても穿けない妖艶な色のパンスト。

スクロールしていくと、そこには僕の気持ちを見透かしたように、アダルトグッズの広告バナーが。

人差し指が、勝手にそこへ向かって動いてしまう。広告の画像に載っている、その柔らかそうな手錠をつけた操の姿を想像しそうになった。

なにをしているのだろうと、はっと我に返ったが、遅い。

「――諒ちゃん、変態だ……」

背後から人の声がして、僕はびくりと肩を揺らした。

「龍之介！　会社でその呼び方はよせと言っているだろう」

いつの間にかうしろに立ち、顔をニヤつかせていたのは、同い年の従弟、龍之介だった。

「人前では控えてるよ、一応ね。それより深刻そうな顔でなにしてるのかと思ったら……なんでアダルトグッズ？　変態だね。あのクールな瀬尾部長が、お昼休みに、いやらしいサイトを見ているなんて！　女性社員が聞いたらショックで寝込むよ」

「うるさい。お前はなぜここにいる？」

「ひどいな。同じ会社にいるんだから、会いに来てもいいでしょう？」

龍之介は、この会社の経営者一族の直系で、現会長の内孫にあたる。看板ブランドのトップデザイナーとして活躍している男だ。

彼はいかにもデザイナーらしく、服装のセンスが独特だった。今日穿いているスラックスは一切のゆとりがないほど細く、わざとくるぶしの丈で切られている。僕の主観では、スーツを冒瀆するような奇抜な服装をしていた。

決められたアイテムを決められた通りにしか着ない僕とは、相容れない着こなしだった。

外見と同じで、彼は性格も自由人だ。

やるべき仕事はこなすが、いつもフラフラしている印象がある。

一族と役員以外には事情を知らせていないが、外孫の僕がここに籍を置くのも、将来、龍之介には経営を任せられないからと、祖父や伯父から頼まれたからだ。

「ねえねえ、彼女？　新しい彼女ができたの？　諒ちゃんが、いやらしいグッズを使いたくなる相手って、どんな子？」

「どうだっていいだろう。お前には関係ない」

少しでも龍之介に話をしたら、明日には両親の耳に届き、面倒なことになる。

三十歳を過ぎた頃から『そろそろ結婚を』と周囲から急かされるようになった。すると急に、特別な女性をつくることに慎重になってしまった。自分の私生活の大部分に、他人が入り込んでくることが想像できなかった。

操はそんな僕にとって、久々にできた特別な相手だ。

ただ、どうやら彼女は「割り切った大人の関係」を僕が望んでいると解釈しているらしい。

それを訂正できなかったのは、僕が心のどこかで職場の人間と交際することを、まだためらっているからだ。

できるなら、僕の抱える問題に、彼女を巻き込みたくない。

しかし、彼女も家族との関係で悩んでいる。あれからなにも言ってはこないが、解決したわけではないだろう。僕達は今後のことを早めに話し合う必要があった。

しつこく探りを入れてくる龍之介のからかいをかわしながら、そんなことを考えていると、いつの間にか時計の針は十二時五十分を指していた。

外に出た社員達が戻ってくる前に、龍之介をどこかに連れ出そう。

席を立とうとしたところで、別の人間が部屋に入って来た。今日はとことんタイミングが悪い。最初に昼の休憩から帰ってきたのは、操だった。

「やあ、結城ちゃん。おかえり」

「チーフ、お疲れ様です。部長も、電話番ありがとうございました」

こいつ、なぜ馴(な)れ馴(な)れしく「ちゃん付け」なんてしているんだ？

無意識に小さく舌打ちしてしまい、すぐさま後悔する。龍之介がフランクなのはいつものこと。つまらないことで苛立(いらだ)ちを覚える自分のほうがおかしい。

一方の操は、龍之介を「チーフ」と呼んだ。一部の女性社員のように「リュウ先生」などと親しく呼ばなかったことに安堵(あんど)する。

「ねぇ、結城ちゃん知ってる？」

僕の舌打ちを聞き逃(のが)さなかったのか、龍之介の口元がだらしなく緩んでいた。勘づかれたかと、今度は心の中で舌打ちする。

「君の上司に、最近恋人ができたみたいなんだけど、心当たりある？」

「さぁ、部長のプライベートは、存じ上げませんから」

即答だった。

特に動揺した様子もなく、顔色ひとつ変えずに、彼女はすでに午後の作業予定に目を通している。

同じ職場で働いているのだから、関係を隠すのは必然で、彼女は正しいし、僕もそれを望んでいる。

しかし、女優でもないのにその役者っぷりは、一体どんなスキルだ。操は比較的感情が表に出やすいタイプだと思っていた。

「結城くん……」

無意味に名前を呼んだ。操は冷ややかな視線を僕に向けてくる。

「なにか？」

話しかけるなと、目が語っている。

僕はあわてて適当な業務連絡を伝えてごまかした。

ひしひしと覚えるこの違和感は一体なんだ。

午後の就業まであと五分。僕は龍之介を追い出したあと、仕事をはじめたふりをして、スマホから彼女にメッセージを送った。

『今夜、食事でもどうかな？』

操のデスクがある辺りで、バイブレーションの音がかすかに聞こえた。真面目な彼女はそれを確認しようともしない。

そこでふと、恐ろしい事実に気付いてしまった。

身体だけの関係では足りないなどと思っているのは自分だけで、彼女は、それ以上を望んでいないのではないか。

そうだとしたら、すぐにでも認識のすり合わせをしておかなくては。

§

終業時刻をすぎ、ようやくメッセージが既読になる。

『承知しました』

彼女からの返信は、驚くほど素っ気ない。それでも断られたわけではないから、よしとしよう。

すぐに会社から少し離れた、彼女の通勤路線にある駅近くの、ドイツ料理の店を予約した。以前大学時代の友人と行ったことがある店だ。

場所と時間の連絡を入れると『ＯＫです』とまた短い返事が送られてくる。

「とりあえずお疲れ」

「部長も、お疲れ様でした」

ビールで乾杯し、ザワークラウトが添えられたソーセージの盛り合わせをつまむ。

「おいしいですね、これ」

操は酸味のやや強い、店の自家製ザワークラウトをお気に召したようだ。純粋に喜ぶ顔が見られたので、この店を選んで正解だったと思う。

一杯目のビールを飲み干したあとは、明日の仕事を考えて二人共ソフトドリンクを注文した。白身魚と野菜のスープ、パンもテーブルに並び、空腹は満たされていく。

「今期の展示会の準備は順調そうだね」

「はい、サンプルも間もなく仕上がってきますし、この時期残業ナシで帰宅できたのは、入社してからはじめてです」

彼女とは、先週も外で食事をしているが、前回より他人行儀になっている気がする。

おいしそうに食事をし、楽しそうに話をするが、会話の内容は仕事のことばかりだ。

二人の関係についてなど、言い出しにくい雰囲気ではある。だが、このまま放置はできない。この関係を軌道修正する必要があった。

「結城くん、話があるんだ……」

はじまりが間違っていたのだとしたら、やり直せばいい。僕が姿勢を正し、口を開こうとすると、その前に彼女が先に言葉を紡ぎ出す。

「後腐れない関係ですよね、わかってます。短い間でしたが、お世話になりました」

深々と頭を下げた彼女を目の当たりにして、一瞬頭の中が真（ま）っ白になった。

なんなんだ、これは。告白する前に振られた気分だ。

「いや……絶対わかってないだろう」

「ちゃんとわかってます。部長に恋人ができて、もう私とはこれきりにしたいんですよね」

「違う。昼間、龍之介が言ったことを、そう受け取ったのなら大きな誤解だ。君の他に親密な相手はいない」

僕は真摯（しんし）に訴えた。すると、彼女はようやく「そうだったんですか」と、少しだけほっとした顔を見せる。いつもの彼女が戻って来た。

「チーフの勘違いだったんですね」

龍之介の言った「新しい恋人」とは「君」だと伝えたつもりが、これは軽く流された。

また、少しずつ不満が蓄積されていく。最初の日の朝もそうだった。

操はこちらが引きとめないかぎり、あっさりと去っていってしまう。なんの未練もないのだと言われているようだった。

彼女との関係に、その心地よさにはまっているのは、やはり自分だけだという現実を突き付けられた気分だ。

僕は根っからの負けず嫌いだ。僕と同じかそれ以上に、彼女にも僕に関心を持ってほしいと、傲慢な欲望が湧いてくる。

今夜、正式に恋人になる提案をするつもりだった。

しかし今のままでは、完全に僕の独りよがりだ。まずは、彼女の気持ちを手に入れなければ。

正しい恋人の在り方とはどういうものか。二人が会う理由は、セックスだけが目的ではないんだと、伝わるように行動で示すのはどうだろう。

食事を終えても時刻はまだ夜の九時前で、今すぐ別れなければならないほど遅くはない。

「そろそろ帰ろうか? 送っていくよ」

「まだ、電車があるので」

「君の部屋を見てみたいんだ」

そう言って押し切ると、彼女は「狭いですよ」と言いながら頷いた。

操の暮らす部屋に行ってみたいのは本心だ。どんな場所でどんな暮らしをしているのか、今は純粋に興味がある。

もし部屋に上げてもらえるのなら、お茶を飲んですぐに帰ろう。帰り際に軽くキスだけして別れる。

それがぱっとひらめいた、今夜のプランだった。

店を出ると、車道と歩道の境界線に二人で並び、無言でタクシーを待つ。

ひとつ向こうの交差点からこちらに「空車」のタクシーが向かってきていることを確認し、手を上げる。停車したタクシーに乗り込む前に、彼女が小さく呟いた。

「壁……薄いのは嫌いなんですよね？」

思わず、唾をごくりと呑み込んだ。さっきまでのよそよそしい態度はどこへ行った？

心なしか操の瞳は潤んでいて、さりげなく髪を耳にかけた仕草は煽情的に僕を誘う。

タクシーに乗り込むと、僕はすぐに操の手を握った。窓の外を眺めてこちらを見ない彼女が、それでもしっかりと握り返してくれる。

小悪魔なのか？　わかっていて煽っているのか？

紳士的に送り届ける予定は、早々に打ち砕かれ霧散していく。

彼女の部屋に到着するまでの間に、僕は不品行な願望にすっかり支配されていた。

§

彼女の住むアパートに着くと、形式的にコーヒーを勧められたが断り、早急に唇を奪った。

タクシーの中で手を繋いでいた二十分ほどの時間に、内なる熱をためていったのは、僕だけではなかったようだ。

顔を近付けると、操は欲情を帯びた瞳でじっと見つめたあと、ゆっくりと目を閉じてくる。

僕が薄く開いた唇を塞ぎ、身体を抱きしめると、彼女もすがるように腕を回して応じてくれた。

単身者用のごく普通のアパート。入ったらすぐにキッチンや風呂場があり、数歩先は彼女がいつも過ごしているだろう部屋に繋がっている。

操がどんな生活をしているのか、どんなものに囲まれていてどんな色を好むのか、気になっていたはずなのに、すでに違う好奇心に塗り替えられている。

玄関からベッドまでの距離が近いのは悪くない。抱き合ったまま、なだれ込んでしまえるから。

いつもとは違うスプリングとフレームが軋む音が新鮮で、いっそう気分が高揚する。

これまでは操が欲してくれるまで、じっくりと執拗な愛撫で追い詰める手法を取ってきたが、今夜は今すぐにでも繋がりたい気分だ。

服を脱がす手間さえ惜しんで、必要なところだけはだけさせ、剥き出しにした胸のてっぺんを甘噛みしながら、同時に秘所を嬲る。

乱暴にも思える行為だが、彼女の潤んだ瞳の中に、はっきりとした歓喜を見た。

操の蜜壺からはもう、じっとりとした愛液が染み出してきている。秘部の谷間を往復させ、指に蜜を絡ませた僕は、予告なく二本の指を彼女の中にねじ込んだ。

「あっ、ゃあっ！」

操の身体がピクリと跳ね、彼女は思わず艶めいた声を漏らす。自分でも制御できない嬌声に、あきらかに戸惑っていた。

もっと啼かせたい。もっと、もっと。

どこを攻めればいいのか、僕はすでに熟知している。無遠慮に指を奥に……彼女のいい部分に指の先が届くように進める。

しかし、操は唇を真一文字に結び、声をこらえはじめる。そして、懸命に伸ばした彼女の細い手で、僕の手首を掴んできた。

「……っん、だめ、諒介さん」

制止しようとする彼女の顔はまだ赤く染まっていて、息も乱れ、あきらかに続きを求めている。それなのに、なぜやめる必要があるのか。

意味がわからないと首を傾げると、操は困った顔で訴えてきた。

「あまり激しくしないでください……」

ああ、そういえば。

僕はタクシーに乗車する前に、彼女が呟いたひと言を思い出した。壁の薄さについてだ。

「声が響くから？」

問うと、操は頷き肯定する。

冷静な時の僕は彼女と同じ考えだった。耳を澄ましてみると、どこからか別の部屋の生活音がわずかに聞こえてくる。確かにそれほど壁は厚くないようだ。

最近の僕は、やっぱりおかしい。

完璧ではないこの空間さえも、操を乱すために利用したくなる。

「抑えがきかないんだ。君のせいで」

百歩譲って前戯を控えめにしたとしても、そのあとのことは正直責任を持てない。

残念ながら、僕はまだスローセックスを習得してはいない。むしろ、激流に溺れ狂いたいタイプだ。

「いっそ、口を塞ごうか」

どうやら必要だったのは手錠ではなく、ボールギャグだったらしい。だが、手元にないものはどうしようもない。あるもので代用しようと周囲を見回し、部屋の中を物色していると、操が尻込みし、僕の腕の中から逃れようとする。

「冗談はやめてください」

「前も言ったが、僕はあまり冗談は言わない」

操のシングルベッドは、大人二人が距離を取れるほど広くはない。最初から彼女に逃げ場などなかった。

細い足首を掴んで引き戻すと、彼女はなにを考えたのか、正座をして僕と向き合ってきた。そうして決意を口にする。

「だったら、私がします」

「なにを?」

彼女の視線は、まだ服を脱いでいない僕の下肢に注がれている。

「その、口で……します。諒介さんに、気持ちよくなってもらえるように」

「できるのか?」

問うと、目を泳がす。あまり自信はないようだ。

そんな初心者が、自分から口淫するという。

「それは、楽しみだ」

だらしなく、口元が緩んでしまいそうになる。喜びを声に出してにやけたくなる。今夜、ここに来てよかった。

僕はベッドの脇に腰かけると、どうぞ、と少し股を開いた。

冷めかけていた熱は一気に舞い戻り、火がつきそうなくらい熱い。それでも男の強がりで、つい余裕のある態度をとってしまう。

服を半分剥かれたままの操は、その姿で一度ベッドから下りると、ゆっくり時間をかけて正面にやってきた。

硬くなった男の部分が、早く触れてほしい、解放されたいと訴えてくる。僕は急いた気持ちを抑え、彼女が与えてくれるまで待った。

「どうやったら諒介さんが気持ちよくなれるか、ちゃんと教えてくださいね」

そろそろと屈んだ彼女の胸元から覗く鎖骨が、胸が、ひどくいやらしい。伏せられた睫毛が震えているのが頼りなく、そそる。

初心な彼女になにをさせているのだろう。少しだけ混じる背徳感が、余計に情欲を煽っていく。ぞくぞくと、背筋が震えた。

操は、僕の腰のベルトに手をかけて外し、前のファスナーを下げた。

下着の中で、すでに硬く主張している陰茎の存在をはっきり確認したのだろう。耳まで真っ赤に染めている。

おそるおそる手を伸ばし、形にそって指を這わせてくる。おどおどと戸惑うその仕草はかわいいが、これでは刺激が足りない。

本人もわかっているのか、何度も見上げては、僕にどうしたらいいのかと確認してくる。

「直接がいい。直接触ってくれ」

もたつく彼女を手伝うふうを装って、下着をずらし、自分で昂ったモノを解放した。

「あっ……」

目の前に飛び出てきた、そそり立つ物体に、操は驚いたような声を上げる。卑猥で凶暴なそれは、彼女の目にどう映っているのか。

「はじめて見るわけじゃないだろう」

「でも……思ったより大きくて、変な感じです。これが……」

うっとりと見つめられている気がするのは、男の都合のいい解釈かもしれない。

「いつも君の中に入ってる。……握って」

その手を誘導しながら、根元を掴ませた。

「上下に……動かして。そう、もっと強く握ってもいい」

指示を出すと、懸命に聞いてその通りに刺激を与えてくれる。

「こうですか?」

「ああ、いいよ……そのまま、速くしてもいい」

じわじわとせり上がる快感に耐え切れず、先端から雫が零れ、竿を伝って彼女の手に流れる。

操の手が止まった。

自分の手を穢したいやらしい雫はどこから来たのかと、目で辿っている。彼女は一度唇をかみしめたあと、ちらりと赤い舌を覗かせて、鈴口に顔を近付けた。

なぜ、それをしようと思ったのか。僕が要求しなくても、彼女は自分から艶めかしく光る先端を舐めた。

「……っく」

予想外の行動にぴくりと股間が反応し、また先を汚す。もう一度舐めてほしくなり、彼女の後頭部に手を回して、ねだるように押し付けた。

操はいやがることなく、舌を使い僕の欲望を舐めはじめた。生温かく柔らかい感触は、敏感な先端を繊細に、そして確実に刺激してくれる。

歓喜に震える僕の欲望は増幅し、より強い刺激を求めてしまう。

「咥えて、唇でしごいてくれ……歯は当てないで」

要求はとどまることを知らないが、彼女の探求心も負けてはいない。僕の熱塊は、彼女の口の中に呑み込まれていった。

「ふっ……っン、んん」

鼻からくぐもった声が漏れる。苦しそうに顔を歪めながら、懸命に男のモノを口で慰めるこの光景は貴重だ。いっそのこと動画で撮影して、永遠に残しておきたい。

だが、達するまでには少しだけなにかが足りない。腰を突き上げ、もっと奥で暴れたくなる衝動にかられはじめた頃、僕の欲望を締め付ける操の唇の力が、あきらかに緩みはじめた。

「操、もういい……十分だ」

名残惜しいが潮時だ。無理をさせて、この行為を嫌いになってほしくない。

「ごめんなさい……うまくできなくて」

口の中を占領していたモノを抜き出すと、息を乱した操が謝罪してくる。

「謝る必要はない。ありがとう、とてもよかった」

頭を撫で、彼女の奉仕に感謝をする。

風呂にも入っていないのにためらわず口に含んでくれたことを、僕に対しての好意の表れとして受け取った。

それを実感できたことで心は満足したが、身体はまた別のものだ。

「むしろ、謝らなければならないのは僕のほうだ」

「えっ？　なんで？」

「先に、謝っておく」

「えっ？」

すでに終わった気でいる彼女をベッドに引きずり戻すと、仰向けに寝かせて膝裏に手を回した。

「やっ、えっ？　ちょっと待ってください……あっ、だめ」

戸惑う操の言葉は、聞こえないふりをする。秘所に舌を這わせて、自分の唾液が潤滑剤代わりになるよう濡らしていく。

それから、避妊具を着けている間に、くるりと彼女の身体を反転させた。その体勢は、仰向けより都合がよかった。

「声が気になるなら、枕に顔を押し付けて」

「お願い、ゆっくりして……」

「努力はする」

うしろからズブリと一気に押し入っても、もう操の器は僕をしっかり受け止めることができる。まるで僕のために、身体がつくりかえられたように。

一度奥まで入れた陰茎を、ゆっくりと繋がりが解けてしまうぎりぎりまで引き出して、一気に押し戻す。本当はもっと激しくしたいが、大切な彼女からお願いされたら仕方ない。

「ひゃっ、……あ、だめ、声がっ、それ……ゆっくり、じゃない」

いきり立った竿が狭い道を通り抜けるたびに、操はこらえきれない嬌声を漏らし、枕に顔を埋めたり、自分の指を口に含んだりして、どうにかやりすごそうとしている。

緩急をつけた抽送は、ただ腰を振って快感を求めるよりも、お互いの存在を深く感じられる気がした。

　僕が一番奥でじっくり留まっていると、彼女の密壺はうねり、形を捉えようとする。それがたまらないほど心地よかった。

「諒……介さん、も、無理」

　先に音を上げたのは、彼女のほうだった。

　蜜をしたたらせ、ひくひくと中を小さく震わせながら、濡れた瞳で僕に訴える。

「お願い。いつも、みたいに……激しくしてください」

　挿入をじらした時のように、いつまでも満たされないことに追い詰められてしまったらしい。

　でも、まだだめだ。もっと二人で、この甘い拷問を楽しみたい。すぐに解放なんかできない。時間をかけて、彼女をもっと夢中にさせたい。

　強い刺激を求め、突き上げたい衝動を抑えるのも、操を快楽に溺れさせるためだと思えば楽しい。

「まだだ。今夜はゆっくりするんだろう。また君に新しい喜びを教わった」

　もう一度、ぎりぎりまで肉茎を引き抜いてズブリと埋める。

　淫らな触れ合いにより奏でられる水音が、数を重ねるたびに大きくなっている。

　操の壁の形の変化や、僕のモノにからみついてくるねっとりとした質感も強く感じられた。この花の奥に到達できた男は、僕一人しかいない。

彼女をもっと僕で満たして、追い詰めたい。今度は緩慢に腰を揺らしながら手を伸ばし、操の胸をまさぐる。

僕の手にちょうど収まる柔らかな膨らみの感触を楽しみながら、指の間に挟んで引っ張るように桃色の先端をつまんだ。

強めに刺激すれば、まるでそれがスイッチになっているかのように、僕と繋がっている彼女の陰道が反応した。

「あっ……んっ、諒介さん、がまんできない……いっぱい突いて」

操は懸命に顔をこちらに向けて、僕に訴えた。黒目がちな目からは、ついに一滴の涙が零れてしまう。ああ、もう僕も限界だ。

無言で細い腰を持ち、好きに中を攻め立てはじめると、操は壊れたように啼いた。

「あっ……んっ！　すごい、はうっ、あっあぁっ、こんなの、声……抑えられない、あっ、んんっ」

彼女の中の柔らかな襞が、まるで意思を持っているかのように僕に食らいついてくる。

乱れる彼女をもっと見ていたくて、湧き上がってきた吐精感を必死でこらえた。

「はあっ、はあっ、りょ、すけさん……私イクから……、もう……あぁっ」

「ああ、一緒に……」

「あっ、あっん、あああっ」

操が膣を激しく痙攣させたのを合図に、僕も欲望を吐き出した。何度も、何度も脈を打ちながら送り出される白濁の量は、いつも以上に多い気がする。避妊具が全部受け止めてくれたのか心配になり、そっと取り出して確認してしまったくらいだ。

事後の処理をしている間に、僕を失った操の蜜口が、いやらしく蠢いているのを見てしまった。そこはまだ物欲しそうに雄を誘っている。

枕元にあった新しい避妊具をそっと手に取ると、絶頂の余韻を残した虚ろな瞳で横たわる彼女の耳元に唇を寄せ、囁いた。

「……大丈夫。責任は取るから」

「……えっ、なに？　諒介さん？」

もしも、隣人から苦情が来て気まずくなったとしたら、僕のところに来ればいい。いっそ今夜からでも構わない。

身体ひとつで、僕の腕の檻に囚われたままでいてほしい。

もっと感じて。理性を手放して。僕と一緒に溺れてくれ。

§

情事のあとの心地よいまどろみを終わらせたのは、かかってきた一本の電話だった。
馴染(なじ)みある着信音に一瞬勘違いしたが、鳴っているのは僕のものではなく、操のスマホだった。

疲労の見える操は、どうにかベッドから這(は)い出て、小さなローテーブルの上に置かれた自分のスマホの画面を確認していた。

盗み見ようとしたわけではないが、積極的には視線を逸らさなかった。

ディスプレイに表示されていたのは「お母さん」という文字。彼女の母親からの電話らしい。

彼女は着信に応答せずに、マナーモードに切り替えて、スマホをクッションの上に置いた。

「電話……いいのか？」

「あっ、はい。あとでかけなおします。この時間にかけてきたということは、話が長くなるってことです」

冗談めかして笑っていたが、直後に彼女が小さいため息をついたことを、僕は見逃(みのが)さなかった。

「そういえば……君の家の問題のほうはどうなっている？」

問うと、さっと顔色を変えた。それでも操は、すぐに作った笑顔でごまかして言う。

「大丈夫です。仕事は辞めないって母にはちゃんと言いましたから。部長に迷惑はかけません」

この時、操が僕を名前で呼ばなかったのは意図的なものだったのか。踏み込んでくるなと線を引かれた気がして、それ以上しつこく問いただせなかった。

少しの間、気まずい沈黙が落ちる。操は話題を逸らすように「ああ、もうこんな時間……」と時計を見ながら呟いた。

「……じゃあ、そろそろ帰るよ。遅くまですまなかった」

律儀に見送ろうとする操をベッドに留めて、衣服を整えたあと、彼女の唇に軽く触れるキスをして立ち上がる。

そして、ただの思い付きに聞こえるようにさりげなく、僕は彼女にある提案をした。

「ああ、そうだ。週末、どこかに出かけないか？」

「どこかって、どこに？」

「たとえば近場の温泉に一泊とか？　今からいい宿が予約できるかわからないが、他に予定がないならすぐに手配したい」

「温泉ですか！」

操も顔をほころばせたので、返事に期待を膨らませる。が、彼女が一瞬考えたあとに出した答えは、僕の予想外のものだった。

「あっ、でも……そろそろ、あの、だめな日になるかと」

だめな日とは、一体？

少し気まずそうな様子を見て納得する。女性特有の期間のことらしい。

今後の為に詳しく予定を聞いておきたいところだが、それはおいおいだ。

「だったら、温泉は次回に持ち越して……ショッピングはどうだろう」

「買い物ですか？」

「いくつか、日用品で必要なものがあるんだ。付き合ってくれると嬉しい。もちろん、君もなにか買いたい物があるならどこへでも車を回すよ。欲しい物はある？」

「いえ、私は……特に今は欲しい物はないです。でも迷惑でなければ、諒介さんのお買い物には喜んでお供します」

なにかプレゼントができないかと、さりげなくリサーチしたつもりだが、これは上手くいかなかった。

「じゃあ、土曜日の午前中にここに迎えにくるから。時間があったら映画を観てもいいかな」

当日に期待を込めながら約束を取り付けて、僕は上機嫌で帰路についた。

§

自宅に戻ると、室内には灯りがついていた。

誰がいるのかはすぐに察しがつく。今夜、間違っても操をここに連れてこなくてよかった。

「お帰り、諒ちゃん」

人の家に無断で上がり、まるで自分の家にいるかのようなラフな姿でくつろいでいるのは、従弟の龍之介だった。

首にかかるタオルと湿った髪は、風呂まで使った証拠。

「勝手に人の家に入るな。……おい、まさかワインまで！」

次に操が来た時に一緒に飲もうと思っていたヴィンテージワインは、すでに半分以上が龍之介の胃袋に流れ込んでいた。

「えー、だってここ綺麗だし、俺の部屋はまた汚部屋になって大惨事だから。……ていうか、今までは黙認してくれてたのに」

私生活がずぼらすぎる龍之介の部屋には、定期的にハウスクリーニングが入る。前回クリーニングしたのは、わずか一月前なのに、サイクルが早すぎる。

今夜来た理由は昼間の件をひやかすために決まっている。あわよくば彼女との鉢合わせを狙ったのだろう。

「今までは今まで。たった今から出入り禁止だ！　明日には帰れ。それと鍵は置いていけ」

「ふふん、……洗面所の歯ブラシ」

人の話を聞く気がない龍之介は、小姑のように家をチェックし、からかうネタを探したらしい。洗面台に歯ブラシが二本並んでいたとして、なにが悪い。

「彼女とは、いつから？」

「最近だ。だから邪魔するな」

「職場の女性とは絶対に付き合わないいんじゃなかったの？　結城ちゃんには自分のことちゃんと話してあるの？」

「まだ、そんな段階じゃないんだ」

「いや、でもさ……この先諒ちゃんが、彼女のことを他の社員と平等に扱えるとは思えないな。変なところが真面目で不器用だから」

「そんなことはない。プライベートときっちり分けるさ。彼女を優遇したりしない」

色恋にかまけて、仕事に影響が出るとでも思われているのか。そこまで愚かではないと鼻で笑ったが、龍之介はなぜか残念そうな顔をする。

「逆だよ」

「逆？」

「諒ちゃんが、つい厳しくしてしまうんじゃないかってこと。なんなら彼女、うちの部で預かろうか？」

「なんだって？」

「異動だよ。産休に入るパタンナーが一人いるから、人事と補填の相談をしてたんだ。ちょうど候補の一人として彼女の名前が上がってる。諒ちゃんが結城ちゃんとのことを先まで考えているなら、彼女にもいろいろな経験が必要になると思う」

龍之介は、社の看板ブランドを背負っている。当然そこには優秀な人材が揃っていて、その中で仕事ができたら学べることは多いだろう。

だが、この曖昧な関係のままで操に将来を見越した部署異動の話をするのは、時期尚早に思えた。

「……少し時間をくれ」

おそらく僕は、仕事をしている操の姿に無自覚に惚れていた。

たとえ彼女が異動しなくとも、僕自身も遠くない未来に今の立場から離れる予定になっている。どちらにしても、ずっと近くで仕事ができるわけではない。それを残念に思う自分がいる。

それでも、お互いが先を求めれば、別の道が開けるだろう。龍之介が開けたワインの残りをグラスに注ぎながら、少しだけ彼女との未来に想いを馳せた。

――しかしこの時僕は、龍之介が心配するような事態に直面することを、まったく予想していなかった。

3

最近、母との電話が苦痛だ。

瀬尾部長……改め、諒介さんが帰ったあと、私は疲れの残る身体にむち打って、軽くシャワーを浴びてから、スマホの画面をもう一度確認した。

さっきの着信とは別に『遅くてもいいから、時間ができたら電話をちょうだい』と母からのメッセージが届いていることに気付き、思わずため息を吐く。

これは、かけ直さないわけにはいかない。

画面を操作し、母の電話を呼び出すと、コール二回ですぐに繋がった。

「もしもし、お母さん？　連絡、遅くなってごめんね」

『こんな時間まで仕事だったの？』

「違うよ。今日は飲み会だったの」

また、ちょっとした嘘をついた。最近いつもこんなことばかりしている。

『操、あなた、いつこっちに帰って来るの？　一度顔見せてちょうだいって言ったじゃない。お父さんも待ってるわよ』

「わかってる。今、ちょっと仕事が忙しくて」

『順調なの？』

「仕事？　もちろん」

『そうじゃなくて、その、……新しい人とのことよ』

母の言う「新しい人」とは、諒介さんのことではない。それより前に、お見合いから逃れるために私が作り上げた、架空の恋人のことだ。

存在しない恋人とは、どんな設定でどんな出会いをしたんだっけ？

諒介さんとの関係がはじまってから、私の頭の中は彼のことばかりで、他のことがどうでもよくなってしまっている。

「お母さん、私ね……」

母は私の仕事にはあまり興味がないようだ。結婚したら辞めると思っている。

恋人がいてもいなくても、実家に戻る気持ちはないのだと、きっぱり言ってしまおうかと思った。別に理解されなくても構わない。もう放っておいてと、投げ出すような気持ちだ。

『なに？　うまくいってないの』

卑屈な私は、一瞬だけ母の願望を垣間見た。また、私が恋人と別れればいいと思っているのだろうか。

違う。本当はわかってる。母はただ、心配しているだけなのだと。

「ううん、そんなことない。そのうち紹介するから、待ってて」

結局今夜も現実から逃げた。ついさっき、諒介さんに「家のことは大丈夫」なんて言ってしまったけれど、本当はすべてを曖昧(あいまい)にしたまま、ごまかし続けている。

それでも、遠くない未来に私はちゃんと向き合わないといけないのだろう。

——その夜は、疲れていたはずなのにあまり寝付けず、うとうとしはじめた頃には、朝が来てしまった。

なかなか布団の中から出ることができずにいると、アラームとは別の短い電子音が響く。

『おはよう。ちゃんと起きたか？』

諒介さんからのメッセージだった。たったそれだけで救われた気分になり、単純な私の心は一気に軽くなる。

「ふふふ……」

かわいい猫のスタンプが送られてきたのを見て、私は思わず笑い声を漏らした。諒介さんはどんな顔をして、画面とにらめっこをしているのだろう。

私は『おはようございます』の文字のあとに、ピンクのハートが使われている女の子のキャラクターのスタンプを送信した。

たぶん諒介さんは、私のことを大切にしてくれている。実際に食事や遊びにも誘ってくれるから、私達は身体の関係だけじゃない。

恋人と呼べるのかはわからないけれど、昨日はっきり他に相手はいないと言ってくれた。

この居心地のいい「特別扱い」ができるだけ長く続けばいいと、そう願っていた。

§

土曜日、諒介さんは宣言通り、車で私のアパートまで迎えに来た。

たまに釣りに行くという彼の愛車は国内メーカーの黒いSUV車だった。私には手が届かない高級車ではあるものの、実用性を重視する部分に親しみを感じる。

向かった先は都内の商業施設。その建物が目に入った時に、頭の中にあることが浮かんだ。

「あの、ここはあまりよくない気がするんですが……」

走行中の車を止めるわけにはいかなかったから、私がそれを口にしたのは、建物の地下にある駐車場に車を停車させて、歩き出したタイミングになってしまった。

「なぜ？」

「なぜって、うちも出店してますよね。部長はきっと顔が知られています」

ここに出店しているのは、私が担当する女性服のラインではなく、高級紳士服のラインだ。

だから、私がここの店舗で働くスタッフと顔を合わせる機会はほぼない。でも、入社式や表彰式で壇上に上がることがある諒介さんの顔は、紳士服の店舗スタッフにも知られている可能性がある。

「操、今日は休日なんだ」

外ではじめて下の名前で呼ばれたことに、どきりとする。

「店の前をあえて通ったりしないが、プライベートで僕が君と会うのに、こそこそする理由はないよ。それより、デート中にその呼び方はいけないな」

「ごめんなさい。……諒介さん」

「じゃあ、腕を組んで行こうか」

彼が迷いのない足取りで歩き出したので、私は黙ってついて行った。

もし知り合いに会ったらどうしよう。社内で噂になることは避けたい。それなのに、堂々としている諒介さんの態度が私を喜ばせる。

「なにを買うんですか？」

「まずは食器かな」

そう言った諒介さんが最初に入ったのは、主に北欧の食器を扱う店だ。

店内の棚に並ぶ見覚えのある青い絵柄は、諒介さんの家で使われている食器と同じだった。

「ここの食器が好きなんですか？」

都内で、ここのブランドの専門店が入っているのは、この商業施設だけだったと思う。他のデパートでも取り扱いはあるだろう。でも、品揃えを考えれば、専門店のほうがいい。今日の彼の目的がここにあったのかと、私は納得した。

「こだわりや好みはそれほどないけど、統一するのが好きなんだ」

確かに、諒介さんの家はいつも整然としている。無機質というわけではないが、正しいものが正しい場所に置いてある、そんな印象だ。

「来客用のティーカップではなくて、自分達用にマグカップがあったら便利だろう。好きなものを選んで」

「自分達用……ですか？」

「ああ。今日は、そのために付き合ってもらったんだ。操がうちにいつ来ても、快適に過ごせるようにしたい」

「でも、私……」

てっきり諒介さんのための買い物だと思って、ここまでついてきた。急に私のための買い物だと言われて、戸惑ってしまう。

彼の私生活にどこまで入り込んでいいのか、まだ掴みきれていないからだ。

棚に並ぶマグカップを前に私が尻込みしていると、諒介さんは言った。

「休日はできるだけ一緒に過ごしたい。これは僕のワガママだ。もし君が嫌でなければ、そのワガママに付き合ってほしい」

店員さんが、近くにいなくてよかった。自分の顔が火照っているのがわかる。

「嫌ではないです。……私も、一緒にいたいから」

嬉しくて、どこかむずがゆい気分だ。

「私が選んでいいんですか？」

「もちろん」

私が何種類かあるマグカップの大きさや柄を見比べて、好みの物をひとつ選ぶと、諒介さんはスタッフを呼んで、同じものを二つ購入すると伝えた。

そこからは、すっかり諒介さんのペースだ。

和食器の店では、色と大きさ違いの茶碗と箸を選び、雑貨店ではルームシューズを買った。部屋で使っているフレグランスオイルも、私の好みの香りを聞いてくれる。私も諒介さんの好みを聞いて、二人でどれがよいかと悩んでいる時間が楽しかった。

数軒の店を回ったところで、昼時になる。食事に行こうという話になり、私達はまた腕を組んで歩き出す。

レストランフロアへ向かう途中、家具を扱う店の前を通りかかった。

ショーウインドーには、木製のシンプルな椅子が一脚と、前板に細かな彫刻がほどこされたチェストが置かれていた。

「そのチェスト、気に入ったのなら買おうか」

諒介さんは値段も見ずに軽々しく言う。

「いえ、なんとなく素敵だなと思って見ていただけです。それに、うちのアパートには置く場所がありませんから」

「だったら、僕の家に置くのはどうだろう？　クローゼットの中に君専用のチェストがあれば、服の替えをしまうのにいい」

「そこまでは必要ありません」

「いや、チェストは必要だ」

諒介さんは譲らない。

私は迷いながらも、彼に意見した。

「……あのチェストは、クローゼットの中に隠しておくための物ではないですよ。きっと職人さんが、見て楽しむことも考えて作った物です」

生意気なことを言った自覚はある。でも、諒介さんは機嫌を損ねたりしなかった。

「わかった。ここは僕が折れるよ」

大人だな、と思う。

比べたらいけないのはわかってる。でも、私の知っている男の人は、自分の提案や親切が通らなければ、機嫌が悪くなるのが普通だった。そして、私もそれがわかっていながら、突っかかってしまう程度に子供だった。

別れた相手に未練はない。ただ、あの時傷付いたのは確かで、今も、すべてを許そうとは思わない。

でも、自分にも相手を思いやる気持ちが欠如（けつじょ）していたんだとわかってきた。

元カレと一緒にいた時は、気にしなかったことが気になる。

諒介さんに嫌われたくないから、煩（わずら）わしくない存在でありたい。嫌われないためにどう接すればいいのか、ずっとそんなことばかり考えている。

昼食後、先週公開したばかりの映画を見て、軽めの夕食を食べ、帰路についた。

「じゃあ、今夜こそ、君のいれたコーヒーを飲ませてもらおうかな」

私が家に寄っていくように誘うと、諒介さんはそう言って、アパートの目の前のコインパーキングに車を停めた。

車のうしろには、今日買った品物がたくさん積まれている。これはこのまま諒介さんが持ち帰って、すぐに使えるようにしてくれる。

「着替えとか、他に必要なものを、少しずつ時間がある時に運んでおいてくれ。いつでも家に来て構わないから」

「いつでも？」

いつでもというのは無理な話で、むしろいつなら家にいるのか、訪ねても迷惑にならない日をはっきり教えてくれないと困る。

すると、諒介さんは自分の胸元のポケットに手を入れて、私の目の前にキラキラと光る金属の物体を差し出した。

「これ」

鍵だ。

今、私達のいるこの車の鍵ではない。たぶん、家の鍵。

「君に持っていてほしい」

「……私、勘違いしそうで怖いです」

発した声が、興奮で上ずってしまった。

「なんの勘違いを心配しているんだ？」

「私達の関係についてです。だって、割り切った大人の関係……だったはず」

当たり前のようにお揃いの食器を買って、彼の家に私の私物を置いて、週末は泊まりに行って……生活があっという間に彼中心に塗り替えられている。

諒介さんとプライベートを共有するようになってから、まだそれほどの時間はたっていない。それでも、彼が軽い気持ちで、自分の部屋の鍵を渡してくるような人ではないことは、理解しているつもりだ。

私達は、もう恋人と呼んでもいいのではないか。確信を持ちたくて、諒介さんの気持ちを探るようにじっと見つめた。目が合うと、諒介さんがふっと微笑む。

「割り切った関係……か。そんなのとっくに破綻（はたん）していると思わないか？」

エンジンを切った狭い車内は、二人の体温で温度が上昇していく。

諒介さんは、私の手をゆっくりと開かせて、手のひらに鍵を載せると、それをしっかりと握らせた。

「本当のことを言うと、あの日、誘った時点で君のことを手放すつもりはなかったから」

「ずるい……」

「なにが？」

「私ばかり、なんだか弄ばれてる気がして」

「そんなわけないだろう。……君に夢中なんだ」

私は飛び上がりそうになる心を隠したくて、彼から視線を逸らした。すると、諒介さんは頬に唇を寄せてくる。ゆっくり、何十秒か唇を重ね合わせたあと、こう言った。

「もっとキスがしたい。部屋に行こう」

そう言いながら、彼は今も私の額や頬に、唇で触れている。

休日の夜の住宅街の、駐車場の片隅は人の気配がない。

ここでできないキスってどんなキスなんだろう。勝手に想像して、身体を火照らせた私は、期待と自制心の間で揺れる。

「あの、私、今日は」

「わかってる。キスだけだ、それ以上はしない」

キスまでしかできないのは私の体調の問題なのに、諒介さんに「それ以上はしない」と言われると、がっかりしてしまう自分に戸惑う。

車を降りて、自分の部屋に向かう。二階にある部屋に続く外階段を、私は先に上った。

共有通路までやってきたところで、すぐに異変に気付く。

（――えっ？）

私達以外に人がいた。男の人だ。他の住人がどこかにでかけようとしているわけではなく、あきらかに誰かを待っている。

その男の人が半分寄りかかるように背をあずけているのは、間違いなく私の部屋の扉だ。

「……部屋の前に誰かいる」

私が声を抑えて言うと、諒介さんが私を隠すように前に出た。

「知り合い？」

問われて、彼の背中越しにもう一度、その人物を確認する。

暗い通路の照明で、俯いている男の顔ははっきり見えない。ジーンズに大きめの黒いジャンパー。服装にも見覚えがない。

それでも、私は既視感を持った。どこかで会った人。

懸命に記憶を辿っていると、相手が私達の存在に気付き、ぱっと顔を上げた。

「操お嬢さん？」

黒いジャンパーの男は、確かに私を「お嬢さん」と呼んだ。そんな大仰な呼び方をする人間は限られている。

「……山崎さん？　ですか」

私がそう尋ねると、相手が頷き、近付いてくる。

仕事着の姿しか見たことがなかったから、すぐにはわからなかった。相手を威圧するほどの大柄な体躯と、短く刈られた硬そうな黒髪。間違いない。山崎という名前の、私の知っている人物だった。

「誰？」

私を背中に隠し、前を見据えながら諒介さんが言う。まだ警戒しているのか、その口調は決して柔らかいものではなかった。

「父の工房で働いている、お弟子さんです」

私の説明に合わせるように、山崎さんは諒介さんに対して「どうも」と小さく頭を下げる。

「山崎と言います。……こちらは？　一体どなたですか、お嬢さん」

隠れていた背中から半歩踏み出そうとして、諒介さんにそれを阻まれた。

「はじめまして。瀬尾と申します。職場では操さんの上司にあたりますが、プライベートではとても『親密な』関係です。……今夜は、彼女にどんな用件で？」

ものすごくさわやかに応じた諒介さんの態度は、一見友好的にも思える。でも、なんだか怖い。

「お嬢さんにお話がありまして」

「そうですか。お父様のお弟子さんなら、失礼なことはできません。ここではなんですから、どこか場所を移動しましょうか？　お話を伺いますよ」

「い、いや……お嬢さんに込み入った話があるので、他人は」

「申し訳ありませんが、いついかなる時間と場所であっても、二人きりにはできません」

きっぱり言いきった諒介さんに、私は驚いた。どうやら山崎さんを敵認定したらしい。

「……でも、それならあんたも」

山崎さんも最初こそ丁寧な言葉を使っていたが、だんだん荒くなっている。そう、本来の山崎さんは、態度も言葉も威圧的で、私はそれがとても苦手だった。

「お嬢さんの……嫁入り前の娘さんの家に上がり込もうとするのは、ろくな男じゃない」

「僕は別です。婚約者ですから」

息を巻く山崎さんに対して、諒介さんは堂々と言い放った。

つい数分前に、なんとなく恋人同士になれたのかと認識していたけれど、アパートの階段を上っている間に婚約してしまったらしい。

もちろん、私のための方便だとわかっている。

「嘘だ！　お嬢さんはどうせ作り話をしているだけだって、おかみさんが。だから俺は迎えに……」

「残念ですが、山崎さんの入り込む隙間はありません。どうぞお引き取りを」

「お嬢さん！　一度ちゃんと話をしましょう。俺の以前の態度で、お嬢さんを不安にさせていたなら謝ります。だから師匠に顔を見せてやってくれませんか。師匠への当てつけなら、それは間違ってるんじゃないでしょうか」

山崎さんは、今も十分に私を威圧している。頑固で思い込んだら動かないところが、父とそっくり。似た者師弟だ。

「君ね……」

強引な山崎さんに、諒介さんも苛立ちはじめていた。

大きな声は、以前から私を委縮させる。でも、彼に頼ってばかりじゃいけない。陰に隠れているだけでは、山崎さんも納得してくれないだろう。ちゃんと自分の言葉で伝えなくては。

「山崎さん。私と父の問題に、あなたはまったく関係ありません」

一歩前に出て、私は正面から向き合って言った。

「関係ありますよ、家と工房の大切な問題でしょう」

「関係ありません。もう私の答えはとっくに出ていますから。私の家の問題に、あなたを巻き込んでしまったことは謝罪します。でも、私が家に帰らない理由に、山崎さんのことは少しも含まれていません。それだけは、はっきり言っておきます。……もう帰って」

結局、山崎さんはそれ以上反論することはなく、納得したのかしていないのか「今日は、帰ります」とだけ言って去って行った。

たぶん傷付けたと思う。わざとそうしたから。

山崎さんは私と結婚しなければ、父の跡を継げないとでも思っているのだろう。だけど二十一世紀の現代において、家と仕事は別なのだと、そろそろ皆、気付くべきだ。

残された私と諒介さんは、少し後味の悪い雰囲気の中、部屋に入った。

その場では話を合わせてくれた諒介さんも、本当は疑問だらけだったのだろう。扉を閉めると、次々に質問が飛んでくる。

「あの山崎という男、以前言っていた君の、縁談予定の男？　家に来たのははじめて？　親しくしていたのか？」

「親しくなんてしてません……」

「前から、言い寄られていた？」

「いいえ。とんでもない。顔を見ればいつも私のことを睨んでくる人です。まともに楽しい会話をしたことがありません。それに最後に実家に帰ったのは三年前なので、すぐに誰かわからなかったくらいです」

「三年も……」

諒介さんが押し黙った。三年も帰らないなんて、親不孝だと幻滅されただろうか。

「ちょっと、父との関係があまりよくなくて」

言い訳のように、私がそう口にすると、諒介さんは深く考え込んでしまう。

「確か、君は親御さんに結婚を前提に付き合っている恋人がいるから、お見合いはしないと伝えているんだろう。だったら、嘘を本当にする気はある？」

「嘘を本当にって……」

「君のご両親に挨拶(あいさつ)に行く」

諒介さんは、ちょっとそこまで行ってくるくらいの感覚で、人生の重要なことを決めようとしている。

「だめ！　絶対」

「なぜ？」

「なぜって、当たり前です。重要なことですよ。なんとなくの成り行きで決めていいわけない」

「君は、実家に帰るのがいやで、結婚相手を探していたのではなかったのか？」

「最初はそうでした。他に両親を納得させられる方法が思いつかなくて。でも、今は違います」

「僕とは結婚したくないと」

他の人ならいいけど、あなたとは結婚できない。諒介さんはそう受け取ったのかもしれない。彼の顔がすっかり曇ってしまった。

そうではないのに……。私の中でまだはっきりと定まっていないけれど、でもどうにか気持ちを伝えたくて、必死に頭の中を整理した。

「諒介さんだから、です」

「どういうこと？」

「諒介さんだから。結婚を他の都合に利用したくありません」

誠実で、少し強引でたまにいじわるなこの人に、私は恋をしている。

誰かに対してこういう気持ちを抱くのはとても久しぶりで、毎日が楽しい。今は、はじまったばかりの関係を大事にしたい。他の何者にも邪魔されたくなかった。

「そう、わかった。……でも、親御さんのことはどうする？」

「いつまでも逃げ続けるわけにはいかないですよね。いいかげん向き合わないと」

きっとすぐにでも、山崎さんから母に話が行くだろう。その時になったら、逃げずに話をしよう。

「ひとつ約束してほしい。なにか困ったことがあったら必ず教えてくれ」

諒介さんはそう言って、私を優しく撫でてくれる。

私は最近、すっかりこの手に慣れてしまった。

父はとにかく厳しい人だったし、母は父の言うことが絶対、というタイプだ。祖父母も近くに住んでいなかったので、無条件に甘やかしてくれる人なんていなかった。

つい、諒介さんに体重を預ける。彼の体温が心地いい。諒介さんも私をしっかりと抱きしめてくれる。

「……今夜、泊まっていこうかな」

唐突に、諒介さんが言い出した。

「えっ、でも！」

泊まると言われて、すぐに淫らな想像をして、声をうわずらせた私はたぶんどこかおかしい。

今日はアレができない日で、そういう意味で彼が言ったとは限らないのに、過剰に反応してしまう。

「大丈夫。なにもしないよ。ただ泊まるだけだ。……床で寝るから」

「そんなわけにはいきません。布団はあります。私が布団を敷いて寝るので、諒介さんはベッドで寝てください」

羞恥で赤くなってしまった顔を見られたくなくて、私は準備をすると言って立ち上がり、彼の腕から抜け出した。

§

はじめての健全な一夜が明けた翌朝。

私は、冷蔵庫にあるもので二人分の朝食を作るのに必死になった。

諒介さんの家に泊まった時は、いつも彼が朝食を作ってくれる。たいしたものはないと言いつつ、サラダやパンがちゃんと出てくるのだ。

私の家の冷蔵庫には本当になにもない。トーストと、ミニトマト、苦肉の策でお洒落に見えるように、コーヒーをカフェオレにしてなんとかごまかす。

諒介さんは、おいしいよと言ってくれるが、焼いただけのトーストと、洗っただけのミニトマトに不味いも旨いもない。

食べ終わったあと、諒介さんにお替わりのカフェオレを出したところで、私の部屋のインターフォンが鳴った。

時刻はもうすぐ午前九時。

「こんな早い時間に誰だろう？」

宅配便が届く知らせはなかったし、近所付き合いもない。

「やっぱりな」

「え？」

「きっと山崎さんだよ。まぁ、わざわざ上京してあれだけで引き下がるわけもないか」

そう断定されて、まだ着替えてもいない私は少しあわてた。今日は諒介さんがいたから、ぎりぎり外に出てもおかしくない程度のルームウエアを着ている。

「大丈夫、行っておいで。困ったことになったらすぐに僕が出るから」

あまり待たせておくわけにもいかないので、やむを得ず私は玄関に向かった。

扉の向こう、ドアの覗（のぞ）き穴から確認できた人物は、諒介さんの予想通り、山崎さんだった。

「どうしたんですか？」

困惑気味に応じた私に、山崎さんは仏頂面（ぶっちょうづら）でお辞儀をする。

「お嬢さん、……いえ、操さん。朝からすいません！　どうしても帰る前に言いたいことがあります」

半開きだった扉をぐっと開かれる。

山崎さんは一瞬足元を見た。そこには大きな男物のシューズがあって、言葉をぐっと詰まらせ黙り込んでしまう。諒介さんの存在を意識しているようだ。

「誰かに聞かれて困るようなお話なら、私は聞きません」

私がきっぱりと言うと、山崎さんは少し苦しそうな、しかめっ面を向けてきた。

「きっとあなたは俺が工房の跡継ぎになりたくて、あなたと結婚したいと思っているんでしょう」

「はい、そうですけど……ただ、父の後継者は山崎さんしかいないので、もっと自分に自信を持ったらいいと思います」

「そうじゃなくて、そうじゃなくてですね……っ首！」

「えっ、クビ？ クビにはなりませんって！ 後継者を失って困るのは父ですから。父の仕事を支えてやってください」

「いえ、なんでもありません！ お騒がせしました。帰ります」

結局話が繋がらないまま、山崎さんは帰っていった。

部屋の中に戻ると、話が聞こえていたであろう諒介さんは、不敵に笑っていた。それはそれは嬉しそうに。

この笑みを、私はよく知っている。いじわるモードに突入した時の笑みだ。

「鏡を見てくるといい」

寝ている間に顔にらくがきでもされたのだろうかと、私はあわてて洗面所に向かう。

洗面台の前に立ち、前のめりで自分の顔を凝視するが、大丈夫。鏡に映るのは、すっぴんだけど普段の私だ。おかしなことにはなっていない。

安心して姿勢をもとに戻すと、普段の私にはない、おかしな部分が目に飛び込んできた。

首すじにくっきりと浮かぶ赤い痕を三度見したあと、思わず叫んだ。

「諒介さん、なにをしてるんですか！」

鎖骨より少し上、襟のない服では隠しきれない位置についたキスマーク。昨日の夜、別々の布団で寝て一切そういうことをしていないのに、いつの間に。

「お守りだ。玄関先に男物の靴。首には生々しいキスマーク。これだけ見せつけられて突進できる男はいない」

まったく悪びれず、むしろ誇らしげに自分の成果を主張された。

「もし、それでも引き下がらないようだったら、直接濃厚なやつを見せつけようと思っていたが……残念だ」

「冗談ですよね？」

人前でキスなんてありえない。

「だから、僕は冗談を言わない」

むしろできなくて残念だった、などと真面目な顔をして言う諒介さんに、怒っていいはずなのに、私の頬は勝手に緩んでしまう。

この時の私はすごく前向きで、仕事もプライベートもすべてがうまくいくような気がしていた。

週が明けて、諒介さんに付けられたキスマークを隠すために、襟のあるブラウスを選んで会社に向かう。何度か、鏡でしっかり隠れているか確認しては、一人で顔を赤らめて馬鹿みたいに浮ついていた。

——上り調子はいつまでも続かない。てっぺんまで辿りついたら、あとは落ちていくものだなんて考えもせずに。

§

それは火曜日のこと。

出社した職場は、いつもと少しだけ雰囲気が違った。皆が朝から落ち着かない様子で、でも楽しそうにおしゃべりをしている。

「ね、結城ちゃん、もう見た？　おめでとう」

二つ年上の美咲先輩が、挨拶代わりに私の肩を叩く。

私の鈍い反応を見て、状況が掴めていないことを感じ取った先輩が、なんのことかを教えてくれる。

「この前のデザインコンペ！」

「あ、新しいブランドの……発表になったんですか？」

そのコンペは、本職デザイナー以外の人間が気軽に参加できる、社内のイベントだ。

今回は、若い女性をターゲットにした、新ブランドの発足に伴うもので、ブランドのコンセプトに沿ったアウターがお題だった。

もともと田舎者の私は、都会の女の子が身に着ける流行の服に憧れて、この世界に興味を持った。新しいブランドの「若い女性に身近な」というコンセプトを聞いた時、あの頃の気持ちを思い出し、すぐに参加を決めた。

もちろん、各ブランドには専属のデザイナーがいて、ここで入賞したからといって、そのままデザイナーになれるわけではない。でも認められれば、その作品を商品として販売してもらえる可能性は高い。

おめでとうと言った美咲先輩の言葉に、私は期待を膨らませる。

「ちょっと確認してきます」

社内の廊下にある掲示板の前は、今は人が多いだろう。私は自分のパソコンを起動させて、メールでコンペの結果を確認しようとした。やはり、そこにはすでに添付ファイル付きで結果が届いていた。

「やった……！」

ファイルを開くと、上から二番目に自分の名前を発見する。商品化の可能性が高い「金賞」はとれなかったけれど、「会長賞」という賞に選出されていた。

会長とは、諒介さんのお祖父様のことだ。

御年八十歳の会長は、今はもう第一線から退いていて、古くから付き合いのある顧客からのオーダーメイド服を、負担にならない程度に制作している。

かつて一大ブームを巻き起こしたメンズブランドを作り上げた人物で、アパレル業界でその名前を知らない者はいない、カリスマデザイナーだった。

巨匠——そう呼んでもいい偉大な人に、認められた。しかも、私の好きな人の家族だから、喜びは何倍にも膨れ上がる。

同じ部署の人からも、次々にお祝いの言葉をもらえた。嬉しすぎて、そわそわしてしまう。

仕事にとりかかるのには、少し冷静になる必要がありそう。

すっかり浮ついてしまった心を鎮めようと必死になっていると、諒介さんがオフィスに入って来た。

「結城くん、ちょっといいかな」

彼は真っ先に私を呼んだ。きっとコンペに関することだろう。顔を懸命に引き締めて彼のもとに向かう。

「おはようございます、部長……」

「ああ、おはよう。コンペ入賞、おめでとう」

言いながら部長は、さっと目を逸らした。

その時、なにかがおかしいと思った。

「……？　はい、ありがとうございます」

他人行儀なのは当たり前のこと。この場所で、私に微笑みかけたりする人ではない。

でも、今まで目を逸らされたことなんてなかった。

「さっそくなんだが、今から会長のところへ行ってもらえるかな？　副賞があるから」

それはほんの一瞬で、あとはいつもの瀬尾部長だった。気のせいだと片付けてしまえる程度の違和感。

「はい、わかりました」

すぐに忘れて、私は言われた通り会長が待っているという役員室に向かう。

役員室の前に辿(たど)り着いた時、別の女性社員がその扉から出て来た。

「結城さん」

「ああ、篠田(しのだ)さん、金賞おめでとうございます」

今回のコンペで金賞を取った篠田さんだ。

彼女はもう会長から副賞を受け取ったところだったらしい。立ち去ろうとしていた篠田さんにお祝いを言う。

すると彼女は、申し訳なさそうな顔を私に向けてきた。

「ごめんね、私が一位をもらってしまって」

それは、勝った人の謙遜（けんそん）でもなく、自分の優位性を誇示（こじ）するためのものでもない。言葉通りの意味しかないことが、彼女の態度から伝わる。

「どうしたんですか？　審査の結果なんですから気にしないでください。私も、次また頑張ります」

私がそう言うと、篠田さんは周囲をきょろきょろと見回したあと、小声で話を続けてきた。

「えっとね、うちの上司から聞いたんだけど……私達二人が同票で一位だったんですって。最終的にはブランドのトップの判断だったから、どちらが金賞でもおかしくなかったみたい。私は運がよかっただけなの」

篠田さんは「だから、これで満足するな」と上司から釘（くぎ）をさされたことを、冗談交じりに言った。

「そうだったんですね。せっかくの金賞なのに、厳しい上司で大変ですね」

私の顔は、引きつっていたかもしれない。

新しいブランドのトップ。それは諒介さんのことだ。コンペに参加した時点では、私はまだ彼とはただの上司と部下の関係だった。だから、考えもしなかった。

——個人の感情が、結果に影響するのかどうか。

もしも、諒介さんが私の目をまっすぐ見て『おめでとう』と言ってくれていたら、気にすることなく結果をそのまま受け入れることができたと思う。

けれど少しだけ目を逸らされた。たったそれだけのことで、私の思考は悪い方向に沈んでいく。

諒介さんは不誠実な行動をする人じゃない。

足りなかったのは私の実力だけ。会長から副賞を受け取り、彼の待つオフィスに戻るまでの間、何度も何度もそう自分に言い聞かせた。

4

恋は人を臆病（おくびょう）にする。

コンペの審査の裏側で起きていたことを考えはじめてから、常に諒介さんの心の中を探り、顔色を窺ってしまう自分がいた。

水曜日の昼、諒介さんから『今夜会えないか？』というメッセージを受け取る。

私は迷った。誘いに応じるべきなのか。

なにも知らないふりをして接する自信がなくなってしまったからだ。

けれど会いたい気持ちと、会いたくない気持ちを天秤にかけると、どうしても会いたい気持ちに傾いてしまう。

メッセージには外食ではなく、彼のマンションで過ごすつもりだとあった。

諒介さんからコンペのことを、なにか話してくれるかもしれない。そう考え、私は誘いに応じることにした。

行きますと返事をすると、『先に着いたら合鍵で中に入っているように』と返信が来た。

でも私はあえて書店に寄って、時間を潰してから彼の家に向かった。

合鍵は使いたくなかった。彼との関係にはまりすぎている自分自身への抵抗だ。

マンションに着いた私は、インターフォンを鳴らす。すぐに鍵が開いて、諒介さんが出迎えてくれる。

「どうした？　随分遅かったな」

咎められたのではなく、先に退社したはずの私が遅れてきたことを心配したのだろう。

「今日発売の雑誌があったからどうしても本屋に寄りたくて。それで少し遅くなりました」

本当は「どうしても」な理由なんてない。それなのに、私の嘘に諒介さんはふっと優しく笑った。

「そうか、君には感心するよ」

ファッション誌のチェックは、仕事の一環でもある。諒介さんはそう解釈したみたいで、無条件で私を褒めた。

故意に相手を待たせたことへのうしろめたさに襲われる。

彼はやっぱり間違ったことなんてしない人。だから、私の嘘だって、疑ったりしないのだろう。

夕食は宅配ピザと、冷蔵庫にあった食材で作ったサラダを二人で食べた。

私は自分からなにも聞かないし、言わない。言えなかったというほうが正しいかもしれない。これは完全な自己保身だ。

そして諒介さんも、不自然なまでにコンペのことには触れてはこなかった。お互いなにかに気付いていて、見て見ぬふりをしている。

生まれてしまった負の感情を、諒介さんにぶつけることはできない。

それで賞の結果が覆るはずもなく、私も結果を変えることを望んではいない。審査で甘やかしてほしかったわけでもない。

ただ、想像してしまう。もしあの時、私達が一線を越えなかったら、店頭に、私のデザインした服が並んでいたかもしれないと。

口にできないのは、それが自意識過剰な思い上がりにすぎないとわかっているからだ。

今日は、アルコールを飲まずに、わざわざ車で送ってくれるという諒介さん。アパートの前に到着すると、軽いキスだけしてすぐに私を解放した。それに物足りなさを感じてしまう私は、どこかおかしい。

そして彼に求められなかったことに、不安を感じてしまう。

「じゃあ、また明日」

「あの……」

ここで家に上がってと誘えばいいのに、意気地がなくてできなかった。

「ありがとうございました。おやすみなさい」

家に帰って、お風呂に入ろうと服を脱いだ。洗面台の鏡の前で、私の首筋に諒介さんがつけたキスマークが残っているかを確認した。

消える前に、もう一度つけてほしい。首だけじゃなくて、他の場所にも。満たされない感覚に一人で身体を疼(うず)かせた。

はじまりがあるものに、終わりがあるのは自然なことで、つい先日はじまったと実感できた私達の関係だって、いつ終わってもおかしくない。

木曜日の夜も、諒介さんは私を部屋に呼んだ。それだけで救われた気がした。

でも決して、私の服の下には触れない。前の日と同じように二人で食事をして、キスだけして別れた。

金曜日、キスマークが消えかけた頃、限界が来たのは私だ。

三日連続で諒介さんのマンションで食事。でも昨日までと違うのは、明日が休日で無理に帰らなくてもいい夜だということ。

今までの彼なら、私を家に帰そうとはしない。それなのに今夜に限って、諒介さんは車の鍵を取った。その光景を見た私は、ひどく追い詰められてしまう。

「私……まだ帰らない。……諒介さんが欲しいです」

自分からすがるように抱きついて、願う。

みっともなくて、はしたない。

私は彼が与えてくれる快楽にすっかり溺れている。心より、身体が満たされることを望んだ。

「ああ、僕も待っていたんだ」

諒介さんが、唇の端をほんの少しだけ上げた。私が背筋をぞくりとさせたのは、怯(おび)えからではなく期待からだ。

おいでと導(みちび)かれ、私達は寝室に移動する。

諒介さんは先にベッドに腰かけた。ゆったりと脚を組み、立ったままの私の頭の上からつま先までを、じっくりと眺めていく。

その視線が刺さったところが、勝手に疼(うず)くのはなぜなのだろう。

「そこで自分で服を脱いで、裸になってからこちらへ」

私がどこまでできるのか、試すように彼は言う。

もしいやだと言ったら、快楽を与えてはくれないのだろうか。その可能性はほとんどないとわかっていても、万にひとつを考えると、応じるしかない。

セックスは私を……二人を現実から隔離して、夢の世界に導(みちび)いてくれる。

このベッドルームの支配者は諒介さんで、私はただ従い、与えられるものを喜んで受け取ればいい。難しいことは考えない。思考を鈍(にぶ)らせ、感覚を尖(とが)らせ、夢中になっていればいいのだ。

この一週間、首まわりが隠れる服ばかり選んでいた私は、この日も最近お気に入りの生成(きな)りのブラウスを着ていた。

一番上まで留まった小さなボタンに手をかけ、ゆっくりと上からひとつずつ外していく。するりとそのままブラウスを床に落とすと、最近新調したばかりの、ベージュに黒の刺繍(ししゅう)が入ったブラが露(あら)わになる。

諒介さんの、鋭い視線を感じる。

見られている。

彼とこうなる前なら選ばなかったような、大人っぽいレースのついた下着を着けた私の身体を。

「続きは？」

諒介さんは表情を変えず、ずっと冷静だった。

私だけが恥(は)ずかしい思いをしている。

きっと気付いている。私の身に着けるものの変化に。私は諒介さんに少しずつ、心を塗り替えられてしまっていた。

促(うなが)され、スカートのファスナーをそっと下ろしていく。ショーツはブラとお揃いのデザインのもの。以前の私が好んで着けていたものより、ずっと生地が少なく、そして繊細なつくりになっている。

それだけじゃない。今日の私はパンティストッキングではなく、ガーターベルト式のものを穿いていた。脱いだ時、パンストよりこちらのほうが綺麗(きれい)に見えるかと、思い切って購入してみたものだ。

でも、こんなふうに晒すことになるのなら、今まで通りパンストにしておけばよかった。期待していたのが伝わってしまう。

視線を感じて下腹部が勝手に疼く。ただ服を脱いでいるだけで、いやらしい部分を湿らせているなんて、恥ずかしくて知られたくない。

これ以上秘所が濡れないうちに、早く脱いで諒介さんに抱いてもらおうと、私はブラを取り、ガーターベルトを外し、ショーツを下ろした。

「待って。ストッキングは穿いたままでいい。僕のために選んでくれたんだろう？ こっちへおいで、よく見せて」

「諒介さんっ」

お願いだから言わないで。私がいやらしい女になったことを指摘しないで。

泣きたくなるくらい恥ずかしい。懇願するように見つめると、諒介さんがいじわるではないほうの笑みを見せる。

「キスを」

自分からしてごらんと、促される。

片方の膝をベッドに乗せて、服を着たままの諒介さんに身体を密着させないようにしながら、顔を近付けた。

軽く触れるだけではすぐに物足りなくなって、自分から舌を絡ませた。角度を変えて、唾液を絡ませ、より深く。

「んっ……はぁっ……んっっ」

下手だと言われたキスも、随分上達したはず。

彼を真似て、お互いの歯が当たっても気にせず深くまで入り込む。こうしていると、いつもとは逆で、私が諒介さんを侵食している感覚になれる。

それでも、乱れているのは私ばかり。諒介さんは私を翻弄するように、ストッキングと肌の境目の辺りで手を遊ばせている。

私はどうにか諒介さんを乱そうと、夢中で彼を追いかけまわす。

大きな手が私の背中に回ると、自然に身体の距離も縮まっていく。男物のパリッとしたシャツに、胸の先が触れた。

最初の一回は意図的ではなかった。でも、ぴりりと奔った快感がたまらず、私は諒介さんの唇を貪りながら、必死に身をくねらせ、胸の尖りをシャツに擦りつけた。

気持ちがいい。

まるで自慰のような私の行為に気付いたのか、諒介さんがそれを阻むように、お互いの胸の間に手を入れてきた。

じれったくなり強く胸を押し付けると、すでに硬く尖っていた蕾に、くりくりと指で刺激が与えられる。

「あっ、はあっ……それ……だめ」

シャツに自分で擦りつけていた時とは、比べものにならない強い刺激。私は思わず、避けようと唇を離してしまった。

「……だめだ。逃げてはいけない」

今度は諒介さんがキスを与えてくれる。軽く啄むようなキスは、私を追い詰めていくためのもの。

「それじゃ、足りないんです」

「どうしてほしい？」

「もっと激しいキスをして。唇だけじゃなくて、いろんなところに」

すぐに、望んだような激しいキスが与えられ、私は夢中でそれに応えた。だらしなく緩んだ口の端から、二人の混ざった唾液が零れ落ちる。

諒介さんはそれを舌で拭い、お返しに私は舌先を吸って、甘い唾を嚥下する。口の次は耳殻を、そして首筋を。舌でなぞられるたびに、嬌声を漏らす。

じわじわと下へ移動していった諒介さんの口付けは、私の乳房にまで辿り着いた。

「あっ、それ、強い……はあっ」

吸われたり、舌で転がされたり。胸の先から発生する刺激は、すぐに身体を駆け抜けていく。

片方の乳房を口で、もう片方は指でころころと転がすように弄っている。

私の胸に埋もれた諒介さんは、たまにわざと視線を上に向けてくる。かっと顔が熱くなる。

「見ないでっ……」

「今、どんな顔してるか、わかってる？」

問われ、首を横に振った。

「恥ずかしそうに、顔を赤らめて……嬉しそうなのに、泣き出しそうな顔で、僕を煽ってる。……最高にそそる」

その時、冷静だと思っていた諒介さんの瞳の奥が、情欲に燃えていることをはっきりと確認し、私は歓喜した。

とろりと、蜜口から雫が零れていく感覚が伝わる。

身体に力が入らなくて、膝から崩れ落ちそうになっていく。

諒介さんは全部わかっているのか、わざと膝を立てた。仕立てのよいスーツを着たまま、私の腿の内側を膝で撫でてくる。

「いやっ……汚れ、ちゃうからっ」

「だったら、どうすればいいかわかるだろう」

急いた気持ちになり、私は諒介さんに体重を預けるかたちで、彼をベッドに押し倒した。ワイシャツに手をかけボタンを外していくと、ほどよく筋肉のついた胸が覗く。指を滑らせて、肌の感触を楽しむ。女の身体のように、はっきりとは主張してこない小さな突起に、吸い寄せられるように口付けた。

わずかに感じる汗の匂いと味も、彼のものなら気にならない。

舌を尖らせて舐めれば、少しだけ先端が硬くなってきた。

諒介さんは胸を大きく上下に揺らして、なにかに耐えている。

「操……そんなこと、教えてない」

「……男の人も、ここを舐められたら気持ちいいんですか？」

「悪くは、ない」

だったら、もっと。

私は諒介さんの胸を舐め、ちゅっ、ちゅと吸い付くような口付けをした。

そこでふと、ある衝動に駆られる。もっと強く吸い付いたらどうなるんだろう。

「……この前のお返しをしておきますね」

「お返し？」

ほとんど消えかけてしまっている自分の首の痕を、とんとんと指で示す。

諒介さんはくすりと笑って、どうぞと身を投げ出した。

その彼の身体にまたがって、どこに痕をつけようかと思考を巡らせる。

いっそ見える場所にしてしまおうか。

私の中のいじわるな人格がそう囁いてくる。ワイシャツでも隠せないくらいの場所に、自分の痕跡を残してしまいたい。

その時、諒介さんはどうするの？

私を叱るのか、嫌いになるのか、笑って許すのか。

休日が終わっても消えないほどの強い痕だったら、職場でどうやって隠すの？

私が一番相応しい場所を探し求めて、彼の顎の下や首筋に舌を這わせても、制止などしてこない。

耳の下辺りに狙いを定めて、少しだけ吸い付いてみる。ここはワイシャツでも隠せない。

「どうして、止めないんですか？　困らせようとしてるんですよ」

「君にキスされて、いやな場所はない」

少し眉を顰めて困ったような笑みは、「仕方ない」とあきらめている顔。

その優しさが、私をひどく惨めにさせた。些細なことで相手を疑ったり試したりしてしまう、自分の醜さを思い知らされる。

結局、諒介さんに嫌われたくなくて、彼の首筋に自分の痕跡を残すことはできなかった。

代わりに、引き締まったウエストの辺りに移動して、吸い付きながら諒介さんの腰のベルトに手をかけた。

「どうしたんだ？　今日は……やけに積極的じゃないか」

「早く、ひとつになりたいんです」

ひとつになれば、この心の靄は消えていくかもしれない。理性を吹き飛ばせば、もっと彼に溺れられる。

この恋にのめりこんでいくことを止めようとする自分は、きっと消えていなくなる。

早く、早く。もっと満たされたいと気持ちばかり焦ってしまう。

強引にスーツのスラックスを引きずり下ろして、彼のモノを自由にする。

諒介さんのモノは、しっかりと硬くなっていた。

「……もう、欲しいです」

「だったら、自分でいれてごらん」

諒介さんが避妊具を付けてくれるのを待って、私は寝そべる彼の身体にもう一度またがる。

彼の硬くなったものを握り、腰を落として自分の秘部にあてがった。

まだそこに触れられてもいなかったのに、私の蜜壺は十分に潤っていて、受け入れる準備はできていた。

自分でしている艶(なま)めかしい行為から、目を逸らすことができない。

狭かったはずの私の陰道は、太い楔(くさび)を簡単に呑み込んでいく。

「あっ……すごい、です。おっきくて、熱い。私のなかがいっぱい……」

深いところまで、届いている。

「自分で動いて」

「はい……っはぁ、……はぁ、ん」

腰を少しだけ揺らしてみると、それだけで甘い痺(しび)れを得ることができる。

欲深く、より強い刺激を求めて上下に動かせば、諒介さんがたまに突き上げるように腰を動かしてくる。

「いやっ……それはだめっ、……深い」

「ああ、すごい締まった……気持ちいいのか？　ここが」

気持ちがいい。

私の身体の重みと、諒介さんの腰の動きがうまく合わさった時に生まれる刺激は、たまらなく気持ちがいい。

諒介さんは、私が強い快感を拾った場所をめがけて、何度も腰を突き上げてくる。その快感が強すぎて、うまく力が入らない。

「操、腰がもう止まってる」

「だって、……あっ、できない」

私は彼の上で、ただひたすら肉壁をひくひくとうねらせているだけの、淫（みだ）らな生き物になった。そうして、私の中に留（とど）まる彼自身を強く感じ、それが新たな快感を生む。

激しく突かれたわけでもないのに、私の絶頂はすぐそこまで迫っていて、一番高い場所に押し上げられることを待ち望んでいる。

「あぁ、わたし、……っ」

求めるものが伝わったのか、諒介さんがいっそう激しく腰を突き上げはじめた。

「まって、……あっ、激しくしないで」

「いいんだ。見せてくれ」

「あっ、あっ。はあっ……っ！」

何度か奥を突かれただけで、私はあっけなく達してしまった。

頭の中に真っ白な波が襲ってくる、この感覚。

歓喜と恐怖が入り乱れる瞬間は、何度味わってもなかなか慣れない。

「っ……あっ、あっ」

繋がったままの蜜口の痙攣（けいれん）が止まらなくて、諒介さんの胸にもたれかかりながら、収縮するたびに声を漏らしてしまう。

滲んだ汗のせいで、濡れた肌がひどく冷えて、私は身体を震わせた。

「どうしたんだ？　顔色が悪い」

汗で張り付いた私の髪を、彼が優しく掻き上げる。心配そうに覗き込んだあと、落ち着かせようと私の背中をさする。敏感になっているせいか、触れられた場所が甘く痺れてしまう。

そっと、私の身体を横たえた諒介さんは、自分の腰を引こうとした。

「いや、まって、抜かないで……だって、諒介さんが、まだ」

しかし彼はその場に留まってはくれず、私の中でしっかり主張していた存在は、あっさり失われてしまった。

「やっ、まだ離れないで」

喪失感に戸惑う。

「いいから休もう。水は？」

いらないと首を振ったが、諒介さんは私を上掛けでくるんで出て行ってしまう。

ぽつんと、取り残される。防音性の高いこの部屋は、外の音がほとんど聞こえない。

静かで、孤独。

きっと、私の気持ちの変化を悟られてしまっただろう。面倒な女だと呆れられただろう。

さっきまで二人を支配していた病のような熱が冷めてしまったら、もうごまかしてはいられない。

心の隙間を、身体で埋めることなんて、できはしないのだ。そんなことをしても虚しいだけだとわかってしまった。

私達の関係は、もともとそんなに深くて特別なものではない。亀裂を必死に修復してまで一緒にいなければならない理由なんて、きっとない。

それでも、失ってしまうのが怖くて、現実から逃げるように目を閉じた。

——どのくらいの間、私は一人になっていたのだろう。いつのまにか深く眠り込んでしまっていた。

うっすらと目をあけると、諒介さんも隣に眠っていて、手を伸ばせば彼の温もりを感じる。寝ぼけているのか、諒介さんが私の身体を引き寄せる。

彼の胸に抱かれて、またすぐに私は夢の世界に誘われていった。

§

結局朝まで眠ってしまった私は、隣にあったはずの温もりが失われていることに寂しさを感じながら、目を覚ました。

この部屋でこうして朝を迎えたのは、まだ数えるほどしかないが、もしかしたら今日が最後になってしまうかもしれない。

諒介さんは睡眠時間が短い人らしく、いつも私が起き出す頃には隣から消えている。

今日も、散らかっていたはずの私の衣服は片付けられていて、ベッド脇の一人掛けのチェアの上に置かれていた。いつの間にか脱がされていたストッキングも一緒に。

私はすべてをきっちり身に着けて、部屋を出る。

「おはよう。今ちょうど呼びに行くところだったんだ」

諒介さんは、休日のラフな服装でキッチンにいた。すでにシェービングも済ませているのか、疲れなどない清々しい姿だ。

テーブルにはフルーツヨーグルトと、サラダが並んでいて、オーブントースターがパンの焼き上がりを知らせるベル音を鳴らす。

席に座るように促（うなが）され、私は与えられるままに朝食を食べる。

いつもよりじっくり、時間をかけて、味わって。

先に食べ終わった諒介さんは、それをただ黙って見ていた。

本当はずっとこのまま時間を稼いでいたいけれど、見つめられることに耐えられず、最後はパクパクと口に放り込んだ。

「話をしようか」

私がフォークを置くと、諒介さんはすぐにそう切り出してくる。

喉の奥に苦さを感じて、返事ができなかった。ただ、膝の上でぎゅっと拳を握りしめて、次に諒介さんがなにを言い出すかを怯えながら待つ。

「君の心に引っかかっている棘は、この前のコンペが原因だね？」

私が無言で頷くと、諒介さんは視線を落とした。

「これに関して言い訳はしない……たぶん、操の想像通りだ」

「……私の勘違いだって、叱ってくれたらよかったのに」

「勘違いって言えたらよかったよ。最終候補の二作品のひとつに君の作品が残って、僕がどちらかを選べと言われて真っ白になった。絶対にプライベートの感情に左右されない自信があったのに、あっけなく見失って、君の作品を堂々と選ぶことができなかった」

諒介さんは、そう言って私に深々と頭を下げた。

――違う、こんなことをさせたかったわけじゃないのに。

彼はたかが社内のイベントだと、私の思いを軽視したりしなかった。今も、ちゃんと私と向き合って、私と同じ目線で話をしてくれる。

だから、これでもう十分。笑って、もう気にしてないって伝えればいい。

「僕とのことを、後悔してる？」

私は、テーブルの上でぎゅっと自分の手をさらに強く握った。違うと言うべきなのに、その短い言葉すら出てこない。

もしもう一度、コンペで同じ状況に置かれたら？　その時もきっと、諒介さんは私を選ばない。それが彼なりの正しさだから。

同じような事態には二度とならないかもしれない。でも私は、いつまでも「次」に怯(おび)えてしまいそうだった。

「……僕達少し、距離を置くべきなのかな」

それは、終わりを告げる言葉に限りなく近い。この事態を招いたのは私だ。それなのに、どっと後悔が押し寄せる。

今ここで泣くわけにはいかないから、なるべく瞬(まばた)きをしないように、じっと諒介さんの指の先だけを見つめた。

「……ごめんなさい」

仕方ない、と彼は悲しそうに笑う。

「今はこのことを話すタイミングとしてあまりよくないとわかっているが……実は操に異動の打診が来てる。紳士部だ」

「紳士？　龍之介チーフのところですか？　……それって」

すぐに頭を過(よぎ)ったのは、私を遠ざけるための処置ではないかという疑念。仕事でも切り捨てられたのかと、我慢していたものが溢れ出てきてしまいそうになる。

「そんな顔をしないでくれ。純粋に実力を評価されて、名前が上がっていたことだから。もちろん断ることもできる。だが、キャリアアップを望むなら、君は受けるべきだ」

「でも私、できれば新しいブランドのほうに携わりたかったんです」

このままあなたのもとで……そう続けたかった言葉は、なんとか呑み込んだ。

「よく考えてごらん。どちらが自分のためになるか」

諒介さんの言葉に従い、私は深く考え込んだ。

新しいブランドは、女性向けファストファッションで、コンセプトが気に入っているし、立ち上げのメンバーになれることになにより魅力を感じた。

しかし、仕事内容はスピードとコストとの戦いだ。そして、ずっと継続できるブランドとなるかまだわからない。軌道に乗せられずに撤退することは、今の業界ではよくあることだ。

対して、龍之介チーフの紳士ブランドは、要求されるレベルが高く、スタッフも精鋭が揃っている。

参加するコレクションも一流。そこでの仕事が評価されれば、今後の会社での役割も変わってくる。早い話が出世コースなのだ。唯一の問題は、そこでやっていけるだけの強さと能力があるかどうか。

「今、ここで返事をしなければいけませんか？」

人事異動は辞令が出る前に打診があったとしても、自由に断れるわけではない。ましてや転勤でも左遷でもない話。拒否するなら、それだけの理由が必要だ。

それでも、あまりに突然のことで、この場で返事をすることができなかった。

「長くは待てないが、数日……よく考えて返事をしてほしい」

「わかりました。私、今日は帰ります」

「送るよ」

「いいです。お願い、一人で帰らせてください。ちょっとまだ、いろいろ消化できてなくて。歩きながらゆっくり考えます」

私は玄関に向かって歩き出した。ドアノブに手をかけたその時、黙ってうしろをついてきた諒介さんに捕らえられる。

「……もし帰さない、と言ったら？」

ドアノブの上で重なる手。耳元で妖しく囁く声。私の身体は金縛りにあったように、身動きが取れなくなる。

距離を置く。さっき決めたはずなのに。

でも、諒介さんにそう言わせたのは私。だったら、彼の本心はどこにあるんだろう。

「君は、きっとここに戻ってくるよ」

それは予言のように、私の心に甘く響く。手を振りほどくことも、受け入れることもできない。

どのくらいそうしていただろうか。諒介さんが小さなため息まじりの苦笑を漏らしながら「冗談だ」と言った。彼は冗談を言わないはずなのに。

諒介さんが扉を開けてくれるまで、私は言葉ひとつ発することができなかった。

§

会社に行きたくないと思ったのは、過酷すぎた新人研修の頃以来だ。

でも、当たり前のように月曜日はやってきてしまい、悲しいことに、ズル休みをする根性を私は持ち合わせてはいなかった。

諒介さんはこれから私にどんな態度をとるのか。きっと、何事もなかったように、今まで通りの上司の顔で接してくれるはず。

私はただ、心の時計の針を何週間か前に戻せばいい。恋なんてもういい、仕事を頑張る、そう思っていた頃の自分に。

自分に言い聞かせても、別れ際の諒介さんの言葉を思い出してしまう。

なぜ彼は私を引きとめたんだろう。距離を置くというのは、密着することと逆の意味だったはず。

少なくとも、冷静になるための措置ではないの？

言ったそばから私を混乱させてくる彼をうらめしく思う。

この日、一週間ぶりに、私は首回りが隠れないカットソーとノーカラーのジャケットを選んで家を出た。

会社に到着すると、さっそくフロアに向かうためのエレベーターの前で、諒介さんと鉢合わせてしまった。

「おはよう、結城くん」

諒介さんは、予想した通り、上司の顔でそこに立っていた。

「おはようございます」

そうやって、私もごく普通に挨拶を返す。大丈夫、ちゃんとできている。

いつもより少し早い時間に出社したせいで、その時エレベーターに乗り込んだのは、私達二人だけだった。

小さな密室で、横に並ぶ。偶然なのか、並んだ二人の距離が他人の距離より近くなってしまった。

違う、偶然じゃない。諒介さんの手が私の手に軽く触れた。

これは彼の意思表示？　昨日からずっと混乱している。

五階までの時間がいつもより長く感じられた。他に人がいないからって、職場でこんな触れ合いをしてくる人ではないはず。

途中のフロアで誰かが乗り込んできて、見られてしまわないか。いけないことをしているのに嬉しくて、どきどきと鼓動がうるさい。

ただ、手が軽く触れているだけ。たったそれだけで、なぜこんなに私の身体は反応してしまうの？

彼が先日決めたばかりのルールを犯してきたことに、なぜこんなに喜びを感じてしまうの？

エレベーターのドアが開くとすぐに手が離れていき、諒介さんは何気なく私に先を譲る。向かう先は同じだが、私は振り返らず早足で歩き出した。

「結城くん」

諒介さんが私を呼び止める。私の早足は諒介さんには通じず、二人の距離は広がるどころか、縮まっていた。

「はい」

立ち止まって振り返ると、彼は少しだけ眉間に皺(しわ)を寄せていた。以前の私なら気付かなかった程度の、ささやかな表情の変化。

私は彼のことを完璧な男性だと思っていたけれど、きっとそうじゃない。理性的な彼だって、理屈に合わない言動をすることだってある。

「あの……異動の件は、お受けします。ありがたいお話ですから」

じっと静かに見つめる視線に耐えられず、あとでしっかり報告しようと思っていた決断を、先に伝えてしまった。

「そうか」

諒介さんが「頑張れ」と励ますように肩を軽く叩いて、私を追い越していく。

その歩き方や、ぴんと伸びた背中が素敵だなと、自然と目で追ってしまい、惑わされている自分にはっとする。

「結城ちゃん、どうしたの？　朝からこんなところでぼーっとして」

出勤してきた美咲先輩が、私に声をかけてきた。

「美咲先輩、あの、これは友達の話なんですが……」

挨拶もせずに、突然話をはじめた私を、寛大な先輩は受け入れてくれた。

「なになに？」

「距離を置くって、世間一般的にどうすることを言いますか？」

「距離を置く？　それって男と女の間で、ってことよね？」

「そうです。……友達の話ですが」

「うん。わかってるから、大丈夫。……そうね、言葉通りだと冷却期間ってことなのだろうけど……私の解釈だと、別れる前提の、あたりさわりない定型文のような感覚よ」

「そうですよね、私もそうだと思ってました！」

それなのに、諒介さんはマンションの玄関で引きとめたり、さっきもエレベーターの中で手に触れてきたり……矛盾した行動で私を惑わせてくる。次に会った時に文句を言ってやろう。そう張り切ってみたものの、もう軽々しく会話ができる関係ではなくなったのだと、すぐに気付く。

私もまた、矛盾した感情を抱えていた。

§

数日後、新ブランドの立ち上げに伴う人事異動の片隅で、私の異動の辞令も正式なものとなった。

それからは、二週間後の異動に備え、引継ぎをしながら残された業務を忙しくこなす日々。数日間めいっぱい残業をしたところで、ある日、周囲から「残業禁止」を言い渡されてしまう。

そして今日、数日ぶりの定時退社となった私は、一人で駅に向かって歩き出していた。

五分程度の道のりの途中、私の行く少し先に、白いスポーツカーが横付けされた。

「結城ちゃん、もう帰り？」

私が車の横を通りすぎるタイミングに合わせて、左ハンドルの運転席の窓から顔を出したのは、龍之介チーフだった。

「チーフ……。今日は早めに帰らせていただきます」

「だったら、ちょっとその辺りで食事でもどう？　乗りなよ」

「いえ、チーフとご一緒なんて畏れ多いです」

「堅いなあ。付き合ってくれてもいいじゃないか。これから一緒に仕事をする仲間だろう。親睦会だよ」

「チーフの車には乗れません」

「見られたら困る男がいる？」

龍之介チーフは、からかうように言う。

「誰に見られても困ります。特に他の女性社員に誤解されたら大変です」

大袈裟に肩をすくめてみせると、龍之介チーフが否定せずに「確かにそうだ」と笑う。

普通なら、自意識過剰とも思えるその発言も、この人なら違和感がない。

諒介さんと龍之介チーフは従兄弟同士だ。年齢も同じで、兄弟のように育ったと聞くが、性格も、服装も、選ぶ車も全然違う。

いつも気さくで親しみやすい龍之介チーフは、悪い表現方法を使うと不真面目そうにも思える。その龍之介チーフが、急に真面目な顔になって言った。

「諒介のことで話があるんだよ」

その名前を出されると、今の私はとても無視ができない。些細なことでも気になってしまうのだから。

悩んだ結果、誘惑に負ける。

「……わかりました。じゃあ、この裏の中華でいいですか？」

近くにある安くて旨いと評判の中華料理店を、あえて指定した。こそこそとしているよりも、堂々と会社の近くの店でラーメンの一杯でもおごってもらうくらいのほうが、きっといい。

「高級フレンチでもよかったんだけど、ここは女性の意思を尊重するよ。車を停めてくるから、店の前で待っていて」

六時を少しすぎたばかりの飲食店は、まだ客もまばらで、威勢のいい店員さんが、待ちわびていたかのように来店を歓迎してくれる。

テーブル席に案内され、龍之介チーフはラーメンとチャーハンのセット、私はタンタン麺を頼んだ。

「で、どうなの？　二人は仲よくやってるの？」

料理を待つ間、私と諒介さんの関係を知っているらしいチーフに問われた。

「……あの、お二人は普段からそういう、プライベートの話を？」

「俺はペラペラしゃべるけど、諒介は自分からあまり話さないよ。ただ、君達二人のことが個人的に気がかりでね。俺、従兄(いとこ)思いだから」

「仲がいいんですね」

「あいつのことは誰より理解している。たぶん本人よりね。……君はさ、諒介の会社での立場ってどれくらい知ってるの？　なにか本人から聞いた？　将来のこととか」

「部長からは……特になにも聞いてないです。会長のお孫さんですし、いずれもっと出世されるのだろうとは思ってます。あの、実は今、私達うまくいっているとは言い難(がた)い状態です」

なんとなく込み入った話になるのかと推測した私は、自分から近況を告げることにした。チーフの知っていることの中には、ただの部下に戻るかもしれない私が、聞いてはいけない内容もあるから。

「ああ、やっぱり！　拗(こじ)れた理由は想像つくよ。二人とも真面目だね」

龍之介チーフは感心したわけではなく、呆(あき)れた様子で天井を見上げていた。そして、私に向き直ってから、もっと近付けと手招きしてくる。

テーブルを挟んで、少しだけ龍之介チーフとの距離を縮める。

彼は、内緒話を打ち明けるように、小声で話しはじめた。

「実はね、将来社長になるのは、諒介なんだよね」

「えっ、チーフではないんですか？」

龍之介チーフは会長の内孫で、現社長の息子だ。一方、諒介さんは会長の外孫で、彼のご両親は別の仕事をしている。

社員の間では当然、次の社長は龍之介チーフだと認識されていた。会長と同じデザイナーとして、すでに地位を確立しているからだ。

「俺が社長になったら、会社が傾いちゃうでしょう。じいさんの時代はそれで許されたかもしれないけどね。今はそうじゃない。ただ、上場もしていない一族経営の会社だから、危機感の薄いうるさい親族もいて……。諒介はなかなか苦労してるよ」

ちょうどそのタイミングで、テーブルに注文した料理が届いた。

「さあ、熱いうちに食べようか」

龍之介チーフは、まず食事を優先するつもりらしい。

彼が豪快に麺をすすりはじめたので、私も自分のタンタン麺に手をつけた。

二人でスープまで飲み干す。空腹が満たされて満足げな様子の龍之介チーフは、また唐突に話を戻してくる。

「ねえ、さっきの話、どう思った？　結城ちゃん、うまくやれば未来の社長夫人だよ」

「どう思ったかと聞かれても、困ります」

正直、困惑しかない。荷が重い。

もし私達がただの同僚だったら、もう少しうまくやれたのかなと、無意味なことを考えてしまったくらいだ。

「諒介はね、社内では絶対に恋愛しないと言っていたんだ。いろいろ面倒だからね。それなのに、自分で決めたルールを曲げて、君とそういう関係になった。なんでだろう」

「わ、わかりません」

心拍数が上がる。顔が赤くならないように、私は目の前の冷えた水をごくごくと飲んだ。

「……結城ちゃんは、諒介との付き合いを利用して、もっと出世しようと思わない？」

龍之介チーフは、わざとらしくいじわるな言い方をする。

「そんなこと考えたりしません」

「うん、そうだと思った。もし君がそういう人なら、全力で潰すけど」

「その前に、諒介さん自身が、誰かに利用されることを許さないはずです」

潰す、なんて平然と物騒なことを言われ、つい反論してしまった私は、すぐに後悔した。うっかりファーストネームで呼んでしまったからだ。

「いえ、部長が許しません……」

私が言い直すと、龍之介チーフは挑発するような態度をやめて、いつもの温和な顔に戻った。

「あざとくても困るんだけど、謙虚すぎても困るんだ。諒介も本音では君に隣に立ってほしいと思っているはずだ。……だった、と言ったほうが正しい？」

私と諒介さんの関係は完全に終わったのか。断言したくなくて、私は首を縦にも横にも振らなかった。

「どちらにせよ、ここで終わらせたくないなら上を目指しなよ。実力で。それができないなら、きっぱりあきらめることだ」

「上を……」

「脅すつもりで堂々と言うよ。覚悟を決めてくれないと困る。後継者の件、祖父の意志は堅いし、僕もそれを支持しているけど、うちの会社だって一枚岩じゃない。さっき言っただろう。うるさい親族がいるって」

龍之介チーフは、その親族というのは、誰のことなのか具体的に名前は出さなかった。でも、会長と、龍之介チーフ以外で、権限を持っている経営陣はかなり絞られる。

「諒介は、役員会で認められなければならない。承認と引き換えに、縁談を持ち込んでくる厄介（やっかい）な人もいる」

「えっ！」

「あはは、あわてたのはどうして？」

「あわてていません！」

「安心して。本人は全部突っぱねてるから。ただ、諒介は今、会社で隙を見せられないし、失敗の許されない難しい立場にいる。それを知っておいてほしい。きっと本人は、君に弱い部分を見せないだろうから」

話の終わりに、龍之介チーフは私に手を差し出し、握手を求めてきた。それは友好を表現するものではなくて、職場で厳しくしごくから、という宣言のように思える。

中華料理の店を二人で出て、私は駅に向かうため、龍之介チーフに別れの挨拶をした。

「送らせてはもらえないのかな」

「ええ」

「人の車に乗らないのは、諒介への義理立て？」

「……さて、どうでしょう？」

「いいこと教えてあげるよ。諒介は昔から物分かりのいい子供でね、俺とは正反対で、親やじいさん達の前で、なにかを欲しがってグズったことがないんだ」

「なんとなくわかります」

「でも、本当に欲しいものは、いつの間にかしっかり手に入れてる。……そういう子供だったなあ」

しみじみ言われて、背筋がすっと冷えた。

自分のアパートに帰宅し、外階段を上(のぼ)っていった私は、部屋に辿(たど)り着く前に鍵を取り出そうとバッグを探った。

バッグの中の冷たい金属の感触を頼りに、それを掴(つか)んで取り出すと、いつもと違う重さ……私の家の鍵ではないものが釣れた。

それは以前に渡された、諒介さんのマンションの鍵だった。渡されたきり、まだ一度も使っていない鍵。

私はその場で盛大にため息をついて、うなだれた。

今日の龍之介チーフの話で、この鍵の重たさが増してしまった。

「どうしよ、これ……」

返すのは簡単だ。会社でなら、その機会はある。

でも、本音を言うと、この鍵を返したくない。持っていたい。だからといって、自分からこの鍵を使って、彼のところへ行く勇気もない。

……優柔不断だと自分でも思う。

恋愛に関して、臆病(おくびょう)で受け身なのは筋金入りだ。なにかを決断するには、とてつもない勇気がいる。

元カレとは、お互いに気持ちが離れていることに気付いていながら、何年もけじめをつけられなかった。

諒介さんのことは逆に、執着心があるのに素直に胸に飛び込めない。それは自分の自信のなさの表れ。

私は諒介さんに強い憧れを抱きながら、どこかで引け目を感じている。

モデルさんみたいな美人でもないし、頭脳明晰な才女でもない。堂々と隣に立つ自信が持てないから、どこかでストップをかけたくなる。

だから私は距離を置くという曖昧な言葉を受け入れ、きっぱり関係を絶てずに、ただ逃げ出した。

私が去ろうとした時、諒介さんは『帰さない、と言ったら?』と聞いた。

冗談には聞こえない低い声に怯えたのも事実だが、私には冗談で終わらせてほしくないという願望も確かにあった。

自分の不甲斐なさを呪いながら、部屋の入り口までやってくると、ふとあることに気付く。

「あれ?」

ドアノブになにかが提がっている。白っぽい紙袋だ。

ご近所付き合いをしていない私の家に、わざわざ届け物を置いていく人なんて、いるだろうか。

真っ先に諒介さんの可能性を考えて、期待と不安を膨らませながら、あわててそれを確認した。

「……………げっ」

思わず下品な言葉が出てしまう。

よく見ると、それは見覚えのある、斧と切り株の描かれた紙袋だった。中には、銘菓「薪割職人」とある。

私の故郷で売られている、和三盆を使った有名なバウムクーヘンで、父の好物だ。

父は、私が小さい頃に『これが一番好きなお菓子』と言って以来、私の大好物だと思っている。

実家の母が送ってくれる荷物に、毎回必ずこのお菓子が紛れ込んでいるのは、きっと父の仕業だ。

そして、これを無言でドアノブに提げておく人間は、たぶんこの世に一人しかいなくて……私は、挙動不審になり、辺りをきょろきょろと見回した。

どこにもいない。

おそるおそる、部屋の中を覗く。鍵はしっかりかかっていて、中は真っ暗だった。

中に入り、しっかりと扉を閉めたあと、私は母にあわてて電話をした。

「もしもし、お母さん。今、東京に来てるの？」

『私じゃなくて、お父さんだけよ。ほら、最近東京でもうちの家具、置かせてもらってるでしょう。だから仕事でね』

「お父さんだけ？」

問うと、母はすぐにそうだと言った。そんな恐ろしいことを、母はなぜ止めてくれなかったのか。

確かに、もし母が一緒なら、堂々と部屋の中に入って待っているだろう。それかせめて、先に電話の一本くらい入れてくれる。

私と父はお互いの携帯の電話番号も知らない。最後にまともに会話をしたのは、高校三年生の時だから、突然二人きりになっても困る。

『あなた、また夜遅くなって。お父さん、いつもこんな遅いのかって心配してたのよ』

「今、お父さんどこにいるの？」

『もう宿に帰ったと言ってたわよ。さっき連絡があったわ』

「お父さん、なにか私に用があったの？」

『話があるのはあなたでしょうが！　この前、男の人と一緒にいたそうじゃないの。山崎くんから聞いてるわよ』

自分のことが忙しくて、私はこちらの問題をすっかり忘れていた。

山崎さん、どこまでしゃべったんだろう。

もう、怖くて聞けない。


それから数日間。ひたすら怯(おび)えた日々を過ごした私だったが、結局父は、私の前に一度も姿を見せなかった。

5

さかのぼること約二週間前。

僕は社内コンペの最終選考に参加していた。発表の前日のことである。

会長を含む役員とデザイナー、そして部長クラスのメンバーが選考員となり、この日までに選出された十作品で投票を行(おこな)った。その結果、操ともう一人の作品が同票で一位だった。

「さて、どうしたものかな」

そう呟(つぶや)いた役員の一人の表情は明るいままだ。

もともとこのコンペは、職場の士気を高めるためのイベントだ。経営に大きく関わるような審査ではないから、すんなり決まらなかったこの状況を楽しんでいる雰囲気さえある。

会議室の中ではしばらくの間、最終候補となった二つのデザイン画に対し、自由な意見が飛び交っていた。

僕は、ただそれを黙って聞いていた。自分の大切な部下であり特別な女性でもある彼女がここまで残っていることに、すっかり得意になりながら。

操の作品は、センスが光っているが、ファストファッションの商業ラインに乗せられるかが疑問視されていた。

もう一人の作品はトレンドをうまく取り入れており、手堅くまとまっていて商品化しやすいが、個性が弱いという意見が出ていた。

審査員のそれぞれの作品への評価は、同じ方向でまとまっていたが、どちらを選ぼうかという話になると意見が割れる。

新しく設立されるブランドの責任者で、このコンペの企画と運営を任されている僕は、ここでひとつの提案をした。

「では、会長に選出していただくのはどうでしょう」

それは誰もが納得する自然の流れで、祖父以外からすぐに賛同の拍手が上がる。皆の注目が集まる中、祖父は少し考え込んでから、首を横に振った。

「いや、瀬尾部長。君が選びなさい」

想定外の指名に、僕はとにかく驚いた。

祖父や龍之介と違い、芸術的な感性に乏(とぼ)しい僕が、適任だとは思えなかったからだ。

「しかし、会長……」

戸惑う僕に対し、祖父は穏やかな瞳のままだったが、拒否は許さないというはっきりとした口調で言う。

「君が責任者だ」

「……わかりました、では」

最初は純粋に、自分が「よい」と思ったほうを選ぶべきだと思った。しかし見比べてみて、答えを出そうとするとわからなくなった。

操の作品がよく見えてしまうのは、私的な感情が混ざっているせいではないか。このまま頼りない感性で選ぶことに、理屈屋の自分がストップをかけてくる。

だから別の方向から答えを出すことしかできなかった。

「商品化を前向きに検討するという方針で、篠田くんの作品を選ぼうと思いますが、いかがですか？」

僕の意見に、誰も反対しなかった。

まあ、そうだろうという賛同の意見がいくつか聞こえ、ほっと胸を撫で下ろす。

――大丈夫だ、自分は選択を間違えてはいない。

会議の最後に、祖父からひとつの提案があった。金賞を逃した操に対して、本来用意していた「銀賞」ではなく、特別に「会長賞」を贈るのはどうかという内容だ。祖父は操の作品を、純粋に高く評価しているようだった。

祖父の提案に、常務が大きな拍手で賛同した。僕に咎めるような視線を送りながら。

きりっと、胃が痛む。

常務は祖父の盟友だ。二人の関係性は義兄弟で、彼は祖父の妹の夫にあたる。会社を立ち上げる時から、事務方としてずっと祖父を支えてくれた人だ。そして、今僕の前に立ちはだかっている、最大の壁。

やはり僕は選択を間違ってしまったのではないか？

選考会終了後、祖父と二人きりになり、弱音を吐き出すように問いかけた。

「これでよかったんでしょうか？」

「実にお前らしい決定だ。私や龍之介と違う考えを持つのは悪いことではないよ。だから、私はお前に会社を任せるんだ」

祖父は僕を否定しなかったが、それでも一度かかった靄は晴れそうもない。

龍之介の懸念が、こんなにも早く現実になるとは思ってもみなかった。

自分という存在が、彼女のやりたいことを阻むのは、許されることではない。

コンペの結果が発表された朝、僕は前日の会議のことを思い出し、操の顔を直視することができなかった。

それからすぐに生じた違和感。すべてを見透かすような彼女の視線。

操はきっと気付いている。気付いていて、無理をして笑っているのだとわかった。

僕は毎日彼女を自分のマンションに呼び出して、このまま許されるのかどうかを確認した。

操は貼り付けた笑顔で僕と向かい合い、普段通りに接してくれる。不満など口にしない。そうしてついには、彼女のほうから僕を求めてくれた。

許された。そう思い込んでしまった。

しかし、なにかが違う。僕を求め、自ら上に乗り、こんなにも必死に受け止めてくれる彼女は、どこかが冷めている。

冷めているのは心だと気付いた時に、ものすごい喪失感に襲われた。

ベッドの上で眠ってしまった彼女を抱き寄せながら、夜が永遠に明けなければいいと願ったが、それは絶対に叶うことはない。

朝になったら話をしなければ。彼女を解放してあげなければ。

ほとんど眠ることができずに朝を迎え、彼女に距離を置こうと提案した。あえて決定的な関係を終わらせる言葉を口にするのは避け、一縷の望みをかけた。

だが、この関係がはじまった時から、いつだって操は逃げ腰で、僕が無理やり引きとめなければあっという間にいなくなることなど、とっくにわかっていた。

帰ろうとする彼女を、黙って見送るはずだった。

しかしいざ別れが現実的になると、考えるより先に身体が動いていた。

「……もし帰さない、と言ったら？」

いっそ閉じ込めてしまえば。

操は、おそらくベッドの上での行為にまだ囚われている。身体は間違いなく、僕を求めている。

昨日は途中でやめてしまったが、あのまま続けていたらどうなっただろう。

寝室に連れ込んで、今度は余計な思考をすべて停止させてしまうまで彼女を愛そう。

僕の囁きに、身体を硬直させた操。ほら、やはり彼女はドアノブの上で重なった僕の手を、振り払うことができない。

「君は、きっとここに戻ってくるよ」

彼女の心に直接届くように、耳元で僕は囁く。

しかしゆっくりと振り向いた操の瞳は、怯（おび）えを宿していた。

違う。僕が見たいのは、彼女のこんな顔ではない。戸惑っているようでいて、なにかを期待するような、情熱の果てにあるものでなければなんの意味もない。

「冗談だ」

他になんと言えばよかったんだろう。

僕がその手を解放した途端、彼女は逃げるように出て行ってしまった。

それが正しい。操にとって最良の選択だと、僕の理性的な部分は確かにそう言っている。

しかし、心の奥底に、どうやってもう一度彼女を手に入れようかと仄暗（ほのぐら）く燃える炎が存在していた。

§

数日後。その電話は、前触れなくやってきた。

「部長、ユウキ製作所のユウキ代表からお電話です」

いかにも取引先らしく堂々と名乗り、僕を呼び出してきた電話の相手が誰なのか、すぐに気付くことができた。

取り次いだ部下は、発注先の業者だと思ったようだが、「ユウキ製作所」が操の父親の会社だということは、すでに頭の中にデータとして入っていた。

操との関係がうまくいっていれば、近いうちに会いに行かなければと思っていたが、まさか、先方から連絡があるとは。

受話器を取る前に、フロアを見回して思わず操の存在を確認する。

部署異動に伴う引継ぎ業務で忙しい彼女は、近くにいなかった。

『もしもし、お電話代わりました。瀬尾です』

『――結城……茂と申します』

電話口の結城氏は、言葉少なに「娘が世話になっている」「とにかく会いたい」と言う。

愛想のひとつもないその口調には、頑固おやじの気配しかしない。

以前からの彼女の態度や、自分の弟子を娘の夫にあてがおうとしている件から、相当な曲者だと想像できる。

もしも彼女との未来のための障害になるとしたら、喜んで戦わせてもらおうと思っていた。だが、彼女との仲が拗れてしまったこのタイミングでは、明らかにこちらの分が悪い。

それでも僕は、この呼び出しに応じなければならない。放置しておけば、彼女が実家に連れ戻されてしまう可能性だってある。

僕の知らないところで結婚が決まり、ここから去っていく未来を想像し、やり場のない怒りが湧いてくる。それだけは絶対に阻止しなければ。

心の底で燻(くすぶ)っていたものが、一気に燃え上がっていく。

僕はまだ、彼女を手放したくない。


翌日の仕事終わりに、待ち合わせに指定されたホテルのラウンジに向かった。

途中、ロビーから観葉植物の間仕切り越しに、ラウンジの中の様子を見た。奥の席に、ひときわ存在感のあるダブルの背広を着た男性が、一人で座っているのを確認した。

他のテーブルには、カップルや女性同士のグループ、タブレットを操作しているビジネスマンしかいない。電話で話した時の印象から、待ち合わせをした相手はこの人だろうと推測できた。

「結城さんはどちらに?」

念のため、結城氏との電話での取り決め通りに尋ねると、ウエイターはすぐに理解し、にこやかに対応してくれる。

「あちらのお席でございます」

ウエイターが案内してくれた先にいたのは、やはりその人だった。

たとえるなら、東京の某所に銅像がある、犬を連れた維新の偉人のような印象だ。太い眉の間にくっきりと皺を寄せながら、口を真一文字に結んで微動だにしない。

「はじめまして、瀬尾諒介と申します」

「…………」

挨拶をしても、無言でじろりと睨みつけられる。僕は重たい沈黙の中、思わずその人の中に彼女の面影を探した。まったく似てはいなかったが。

無理やりひとつ似ているところを探すとしたら、くっきりとした二重まぶたくらいだろうか。

いつまでも勧められることはなさそうなので、勝手に着席し、コーヒーを注文する。操の父親、結城茂氏の目の前には、すでにウィンナーコーヒーとチョコレートケーキが置いてある。顔に似合わず甘党なのだろうか。彼はフォークを使い、半分ほど残っていたケーキを一気に口に放り込んだ。

目の前で、ケーキを一瞬で消し去ったあと、彼はわざとらしく咳払いをして口を開いた。

「……瀬尾さんと言いましたかね。あんたはうちの山崎に、操の婚約者だと名乗ったそうじゃないか」

頑固一徹を絵にかいたような強面の顔を、さらに厳しくして、敵対心を隠そうともしない。今度はウィンナーコーヒーをごくりと一気に飲み干して、少し乱暴にカップを置いた。

「しかしね、聞いてはおらんのですよ。父親のわしが、なんにも聞いてはおらんのです。ものごとには順序というものがあることくらい、大企業のお偉いさんならわかるはずだ」

僕は深く頭を下げた。

「申し訳ありませんでした。その件でしたら、私の独りよがりです」

本音を言うと、卑怯な手段が思い浮かばなかったわけではない。

操は父親とあまりコミュニケーションが取れないようだから、誤解させたまま「婚約者」ということにしておこうかと。そうすれば、山崎さんとの話を勝手に進めにくくなり、時間稼ぎにはなっただろう。

が、下手な小細工はやめだ。

「では、婚約などしていないと」

「正直にお話しすると、操さんに断られました」

茂氏の眉間の皺が、わかりやすく薄くなる。

「なんだ、そうか。いや、そうか……振られたか」

とても嬉しそうなのが、かなり失礼だ。

茂氏は「そうか、そうか」と鼻歌でも歌い出しそうに機嫌よく、自分の脇に置いてあった紙袋を探り、紙に包まれた箱を僕の前に差し出した。

「部長さん、これからはあくまでも部下として、娘のことをよろしくお願いします。そう長くは居座らないと思いますが、勤めている間は、娘は間違いなく真面目に働く人間ですので。わしの子ですから」

目の前にある化粧箱。銘菓「薪割職人」と書かれたそれは、どうやら土産だったらしい。

しかし、操が寿退職をするかのような発言を聞き捨てることはできず、僕は素直に受け取る前に抵抗を試みた。

「でも、まだあきらめてはいませんが」

途端にまた険しい表情に戻り、「薪割職人」は引っ込んでいく。

「男は引き際が肝心だ」

「それは、お父さんにも言えることではないでしょうか」

「誰が『お父さん』だ！　部長さん、申し訳ないがね、あの子はうちの山崎と縁組させたいと思っとります。山崎は部長さんみたいに色恋に長けてもいないし、わしと一緒でそんなに脚も長くないですが、あれは実に真面目ないい男です」

勝手に遊び人のように決めつけられて、さすがにムッとする。色恋に長けていたら、こんな場所で無意味な攻防を繰り広げる必要はなかっただろう。

「操さんに、その気はないでしょう。そもそもあきらかに山崎さんを苦手にしていますよ。無理強いをするのが、彼女の幸せだとは思えません」

両親のお気に入りポジションに堂々と収まる山崎さんに、羨望と嫉妬の感情を増幅させながら、彼が操に意識すらされていないという事実を突き付けてやった。

しかし、茂氏はそれを鼻で笑って一蹴する。

「わしも妻とはお見合いです。この面相ですから最初は怯えられましたがね、うまくいっとりますよ」

「好きでもない人と結婚するのが、お嬢さんの幸せだと？」

「わしは、誰よりも娘の幸せを考えとります」

「本当にそうでしょうか？」

人の振り見て我が振り直せ、とはこのことか。自分を含め、男というものは本当に勝手だとつくづく実感した。でももし、僕に利があるとしたら、完全に彼女を失う前に、自分の傲慢さに気付いたことだ。

「遠くない未来に、今度はこちらからご挨拶に伺いたいと思います」

退いたら負けだ。強気の一点張りで、その場を押し切ることにした。

「お前など、来ても門前払いだ‼」

茂氏は立ち上がり、もう用はないとラウンジの伝票を取ろうとした。しかし、僕がわずかに先にそれを手にする。

茂氏は、僕と支払いでもめるつもりはないらしく、「ふんっ」と鼻息を荒くしながら立ち去って行く。

残された伝票には、ウィンナーコーヒーとチョコレートケーキだけでなく、チョコレートパフェという記載があった。……おかげで次に会う時の手土産(てみやげ)は決まった。

§

週末、金曜日。この日は部署内での飲み会が開かれた。

勤務先が変わるわけではないので、送別会というほど大袈裟ではないが、フロアが変わり、顔を合わせる機会が少なくなる操のために計画されたものだった。

取引先の工場に出張していた僕は、かなり遅れてそこに合流した。

「部長！　遅いですよ！」

飲み会は盛り上がっていて、皆、いい具合に酒が入っている様子だ。

空いている席は、一番奥に座る操とは離れていた。彼女とは、僕が来た時に一度会釈(えしゃく)をしたきり、直接会話をすることはできなかった。

僕は近くに座った者同士の会話に参加しながらも、ずっと操の様子を気にしていた。

彼女の隣には、操が「先輩」と慕う仲のよい同僚、佐野美咲が座っている。彼女は操との別れを惜しみながらも、背中を押すように、紳士部に異動することがいかにすごいことなのか説いてくれている。

とはいえ、彼女もまた酔っ払いだった。

「いいなぁ、私もリュウ先生の下で仕事したい」

ずっと真面目な話をしていそうだったのに、佐野は急に操を抱きしめながら、そんなことを言い出す。近くにいた他の女性社員も、次々に同調して声を上げた。

「リュウ先生、かっこよすぎよ。あんなイケメンがリアルに存在することがびっくりだわ。優しいし」

「昨日もさ、資材持って歩いてたら、運んでくれたんだよね。紳士だわ。もしくは王子」

「顔よし性格よしの、金持ち御曹司が近くにいるなんて奇跡よね」

しみじみと龍之介の魅力を語り出した女性陣と、黙って聞いている男性陣の温度差が凄まじいことになっている。きっと話に夢中になっている女性陣は気付いていないだろう。

龍之介が女性にモテるのは、今にはじまったことじゃない。それについて、僕は劣等感を抱いたことはなかった。

　しかし――

「……そうですね、優しいですよね」

　操が遠慮がちに、小さい声で同意した。騒がしい席だったが、僕の耳はその言葉を鮮明に捉えた。そして、引っかかりを覚えた。

「もし会社帰りに結城ちゃんがリュウ先生と一緒に飲みに行く機会があったら、絶対に連絡してね。残業投げ捨てて行くから」

「ふふふ、わかりました」

　おそらく、その場のノリというやつだろう。しかし、社交辞令だとしても、おもしろくない。

　彼女が龍之介に惚れるということなど、まったく想定していなかった僕は、今更危機を感じはじめた。

　そもそも龍之介は、僕の意中の相手をたぶらかすようなことは絶対にしない。信頼しているからこそ、彼女を預けられる。

　しかし、あいつは生粋のフェミニストでもある。欠点は汚部屋に住んでいることだが、外面のいい男だから、それを女性に晒すことはないだろう。

　龍之介の近くにいる女性は、たいてい龍之介に惚れる。客観的に見て、彼女がその例外になる可能性のほうが低いのでは？

しかも龍之介は彼女の憧れでもあるデザイナーだ。

おもしろくない。まったくおもしろくない。自分が蒔いた種なので、自分を責めるしかないのが辛い。

酒を一気にあおりたい気分だが、今日は地方にある縫製工場に出張していたので、帰りは車だった。仕方なく、酒の代わりにウーロン茶を一気に飲み干した。

なかなか終わらない女性陣の「龍之介ファンクラブ会合」は、あきらかに独身男性のテンションを下げている。

ほとんどが会話に参加することもなく、黙って目の前の酒をちびちびと飲み、残りものをつついていた。

しかし、一人だけ調子のいい男が、果敢にも女性陣に斬り込んでいった。

「ああ、結城ちゃんのタイプもやっぱり龍之介先生みたいな人なのか」

残念だな、と大袈裟にがっかりしてみせたそいつは、まさか、操に気があるのだろうか。

「……いえ、……別にそういうわけじゃないですけど」

「じゃあ、どんな男がタイプ？」

「……そうですね、私を尊重してくれる人ですかね」

その言葉は、深く刺さった。

こっちを見ようともしない操だが、僕への嫌味のつもりなのだろうか。

「するする。俺、尊重する。さぁ、飲んで飲んで！　料理も取ろうか？」

世話を焼くのと、気持ちを尊重するのは違うだろう。密かに毒づいた言葉さえ、自分にそのまま返ってくるようだ。

結局そいつは、操が化粧室に行くと言って立ち上がるまで、ずっと彼女に話しかけ続け、僕は行き場のない苛立ちを募らせていった。

操が席を立ったしばらくあと、僕がその場を離れたのは、彼女の様子が気になったからで、やましい打算からではない。

予想通り、化粧室から出てきた操の足元はふらついている。

「飲みすぎだ」

咎めるように言っても、反応が鈍い。

今夜の飲み会の中心は操で、酒を勧められる機会も多かったのだろう。最後に調子のよい男にからまれて、どんどんグラスにビールを注がれたのが致命的だった。

「ぜぇんぜん、大丈夫……です」

ちょっと舌が回ってない。やはりかなり酔っていた。

「君はあまり酒が強くない」

「あはは……部長は、私のなにを知ってるんですか。なにも知らないのに」

「酔うと、案外辛辣になるってことはよくわかった」

じっと見つめると、思い当たることがあるのか、彼女は目を逸らした。さっきのは、やはり僕に向けた言葉だったのか。

しかし、無関心でいられるよりまだ救いはある。

「……もどります」

立ち止まっていた彼女は、僕の身体を避けて足を踏み出した。

あわてたのか、彼女の身体がぐらりと傾ぐ。僕がとっさに腕を掴んだので、転倒だけは阻止することができた。

「危ない！」

「あれ、結城ちゃん、結構酔ってます？」

ちょうどその場に現れたのは、さっき操に絡んでいた男性社員だった。

「君達、少し飲ませすぎたんじゃないか」

ぎりぎりまともな思考が働いているらしい操が、やんわりと僕の手から逃れようとしていた。僕はそれに気付かぬふりをして支え続ける。

「じゃ、責任を持って、俺が送り届けます」

「なにが責任だ。そんなことさせたら、君らの上司である僕の責任問題になる」

自分の下心を隠そうともしない男は、ぺろっと舌を出してみせた。

「結城ちゃん、長く付き合ってた彼氏と別れたって噂なんですよね。今がチャンスなんですよ。部下を応援するつもりで、お願いします！」

ふざけるな。そう声を荒らげたくなる気持ちを呑み込む。

「却下だ。彼女は僕が送ろう。今日は車だから飲んでないんだ」

「ずるいですよ。俺がだめで部長が許される理由がわからない」

悔しがる男を前に、一瞬この場で「操」と名前で呼んでしまいたくなった。

そうして彼女を連れ出してしまえば、すぐに僕と操が特別な関係なのだと知れ渡るだろう。

そんなことをしたら、ますます彼女の心は遠ざかってしまうから、できはしないが。

「他に帰宅困難者がいたら引き受けるよ」

仕方なく、善人の仮面を必死にかぶった。

操の荷物を回収するために一度席に戻る。

その時にも一応他に乗っていく者がいるか確認したが、誰も手を挙げなかった。

皆、二次会に行く方向で話をまとめ出したからだ。

それならばと、さっさと帰ろうとしたところ、佐野美咲が追いかけてきた。車まで送るという。

パーキングに駐車しておいた車の助手席に操を乗せ、ドアを閉めると、それを待っていたように佐野が僕に話しかけてきた。

「結城ちゃんに優しくしてくださいよ、瀬尾部長。それと、他の皆を二次会に誘導したのは私ですからね。今度お礼をしてもらってもいいですよね。デパ地下高級スイーツでいいですから」

「君は、彼女からなにか聞いているのかな？」

操は、僕との関係をひたすら隠したがっているように思えた。

「結城ちゃんからはなにも聞いてません。どちらかというと、部長の態度がわかりやすいんですって。勘のいい女性は何人か気付いてるんじゃないですか？　部長、最近よく、結城ちゃんのこと睨んでますよね」

「睨んでいるつもりはない」

「じゃあ、熱心に見つめてるということですね。それに今、結城ちゃんは悩みがあるみたいです。きっと部長のせいですよね。飲みすぎたのも部長のせいです。とにかく、全部部長のせい」

「否定できないのが、残念だ。……もし、彼女が頼ってきたら、話を聞いてやってくれ。そうならないように努力はする」

「お願いしますよ。私、外資系ホテルの結婚式とか行ってみたいな」

最後のは冗談なのか本気なのかわからないが、これからも彼女は操の心強い味方になってくれそうだ。

「頑張ってみる」

車を出してしばらくすると、安定した寝息が聞こえはじめる。それは彼女のアパートに着くまでずっと続いていた。

「操、起きられるか？」

エンジンを停止させて、肩をそっと揺らしてみた。

操はもぞもぞと身体を起こしはしたが、目はちゃんと開いていない。一応自分の足で立ってはいるものの、それも僕の支えがあってこそできている。

さっき、居酒屋では僕に支えられることをいやがってみせたくせに、今は完全に頼りきっていた。

「鍵は？」

「ん……バッグ」

勝手にバッグを探り、家の鍵を取り出して中に入る。しっかり施錠してから、彼女をベッドにゆっくりと横たえた。

僕は部屋の中に入ると、以前訪れた時と比べてなにか変化がないか、ついチェックしてしまっていた。

本人は気付いていないようだが、彼女のことをそういう対象として見ている男は、社内に何人もいるはずだ。

操は特別目立つタイプではないが、真面目にコツコツと仕事をする姿勢と、物腰の柔(やわ)らかさは自然と誰もが好感を覚える。

今までは交際相手がいるからと、他を一切受け付けない態度だったから、誰も挑まなかっただけだ。

もし今、操がフリーになったという噂が広がったら、言い寄って来る男は多いだろう。

「注意が必要だな……」

操は二十七年間、本当の意味で男を知らなかった。よく言えば純粋だが、悪く言えば、ただの恋愛下手。駆け引きなどできないし、押しにも弱い。

そんな頼りない女性を、このまま時間が問題を解決してくれるまで、放置しておくことなんてとてもできない。

ベッドの上で寝息を立てている操の様子を見る。長い睫毛(まつげ)に、何度も味わっているふっくらとした唇を晒(さら)す彼女はかわいらしく、そして腹立たしくもある。

もし僕が今夜いなかったら、他の男にいかがわしいことをされてもおかしくなかった。

「ほら、起きるんだ。起きないとなにをされても文句を言えないぞ」

そっと、顎をすくいとっても彼女はまぶたを伏せたまま、眠り続けている。

「無防備すぎだろう」

これは、彼女への罰だ。

ベッドに手をついた僕は、そんな言い訳をしながら、彼女に顔を近付けて唇を奪った。

じっくり、ねっとりと啄み、舌で唇を舐める。

すると無意識なのか、操の唇がわずかに開いた。アルコールがほのかに香る吐息を感じながら、僕は彼女の唇を割り、舌を深く滑り込ませる。

「んっ、んっ……もっ、と」

相変わらず目を開けようとしない操は、誰にされているのか、わかって応えているのだろうか。

最近の彼女は、僕を拒絶しようとしている。女性は切り替えが早いというから、もう僕とのことは過去になっているかもしれない。

それならば、今彼女が求めている人間は誰だ？

キスをねだる相手は誰だ？

相手は僕しかいないはず。確信に近いものを持っているのに、不安がぬぐえなくて、それをすべて取り除きたくなる。

いったん彼女から離れると、部屋を見回した。

クローゼットを勝手に開け、手前にかけられていた春物のストールを見つける。

二つあるうちの色の濃いほうを選んで、手に取って戻る。

彼女の目が隠れるようにストールを頭部に巻きつけ、うしろで固く結んだ。

そこからは、一切言葉を発しないように意識した。操の柔らかい身体をまさぐりながら、服を少しずつ脱がしていく。

（もっと、ちゃんと抵抗すべきだろう？）

危うい操を叱りたくなる気持ちと、このまま彼女をもっと暴いてしまいたい気持ちが入り混じる。

操のブラウスのボタンをいくつか外した時、彼女が身じろぎした。

暑かったのか、自分からブラウスを剥いでいく。膝を曲げたせいでスカートがめくれ、太腿が露わになる。

僕は、身体にたまった熱を出すように息を吐いた。

今日の彼女の下着は地味で、穿いてるのは以前のようなパンストだ。

操は、あの時ただ僕のためだけに煽情的な下着を着けていたのだと、思い上がった解釈がやめられない。

こんな健気な女性を手放すなんて、不可能だ。

色気のない下着を脱がせても、操はまだ眠っているのか、意識をはっきり持ってはいなかった。

腿を撫でながら片方の脚を持ち上げると、熟れた淫靡な花芯が覗く。

顔を近付け、そこにそっと息を吹きかける。操は脚を閉じようとしたが、これは抵抗ではなく、わずかな快感を拾い上げた反射のようだ。

柔らかい内腿をきつく吸い上げ、愛撫の痕跡を身体に刻みつけても、彼女はまだ起きない。

こらえられず操の秘裂に舌を這わせ、小さな突起を舐め上げた。

「はぁ……、あっ……あぁ」

呼吸が乱れていく。慎ましい二つの膨らみが、大きく上下しはじめた。操は夢の中でも快楽に支配されている。

しかし、誰に抱かれているつもりなのだろう。

彼女に男女の触れ合いを教えたのは僕だ。

もっと乱れて、夢の中でもそれを思い出してほしい。

ピチャピチャと卑猥な音をたてながら、僕は夢中で彼女の秘部を舐めた。肉芽を嬲り、蜜壺に指を入れ、彼女のいいところを探り、容赦なく追い詰める。

「あっ、あ、やっ……きもち、いい。もっと……ください」

行為に耽ってからはじめて、操がはっきりと意思を口にした。

起きたのかと舌を放すと、やめないで、とせつなそうに懇願までしてくる。

僕はどんどん溢れ出てくる蜜を指に絡ませ、さらに奥まで激しく攻めた。僕の指先は、奔流が一気に溢れ出てきそうになる感触をつかんでいた。

「あっ、あぁっ……りょうすけさん、諒介さん！　諒介さん！」

操の狭道が、ぎゅっとさらに狭くなり、ついにそこをひくひくと痙攣させた。どばっと溢れ出てきた液体が、シーツとシャツの袖を汚す。

僕の名前を呼びながら、彼女は果てた。

「諒介さん、……すき」

それだけ言って、またすやすやと寝息を立てはじめる。

意識があやふやな時のほうが、人の本心が見えるのではないだろうか。

都合よくそう解釈し、僕の心は幸福感で満たされていった。

6

どエロい夢を見てしまった。私は今、欲求不満を拗らせてしまっているらしい。

最近、毎晩あの人に抱かれる夢を見る。でも、昨晩の夢は今までと違い、生々しいものだった。

自分からはしたなく求めて、濃厚なキスをして、ただひたすら恥ずかしい部分を舐められている夢。

いやらしい夢を見ても、いつもなら決して満たされないで、もどかしさが増幅するだけなのに、昨日だけはなぜか違った。

夢の中のあの人は、現実と一緒で私の感じやすい部分を知り尽くしていた。与えられる愛撫に簡単に乱され、歓喜し、何度も何度も私は達した。そして、そのたびに言わなくていいことを叫んでいた気がする。

ただの夢のはずなのに、思い出しただけで下腹部が疼く。こんな身体にした人を恨みたくなる。

（あれ？　私、そういえば……）

自室のベッドで天井を見上げている自分に、少しの違和感を持つ。……昨晩の記憶が曖昧だからだ。

職場の飲み会に参加して、そのあとどうしたんだろう？

諒介さんが飲み会に姿を見せた辺りからの記憶を、必死に呼び起こす。

彼の隣には、新人の女の子が座っていて、熱心に話しかけていた。人懐っこい彼女は、かわいらしい仕草で彼の腕に何度か触れていた。

それをおもしろくないと思ってしまう自分がおもしろくなくて、現実逃避し、勧められるがままにグラスをあおった。

(私、自力で家に戻ってきたの?)

ひとまず起き上がり、部屋の中をきょろきょろと見回す。

スマホはローテーブルの上にある。バッグもすぐに見つけた。中を探ると、ちゃんと財布もある。先に会費を払っていたこともあり、中に入っていたお札の枚数は変わっていなかった。

胸を撫(な)で下ろしたのも束の間、私は家の鍵がないことに気付いた。

(落ち着け、落ち着こう……)

今、家にいるということは、鍵を開けて入ったということだ。だからバッグの中になくても違和感はない。

絶対にどこかにあるはず。酔って適当に放り投げた? ベッドの周りや、クッションの下を探る。一通り探してもやっぱりない。

昨日私は、記憶があやふやになる程酔っていた。仮に誰か……そう、誰か! たとえば美咲先輩が私を送ってくれたとする。

鍵を使い、部屋に入る。私は力尽きて、寝入ってしまう。そんな状態で部屋を出るとしたら、先輩はどうするだろう？

答えは簡単。鍵をかけたあと、郵便受けに入れる！

バタバタと玄関まで確認しに行った。

「あった！ よかった」

しかし、問題はまだある。誰が私を送ってくれたのかということ。

先輩であってほしい。先輩であってほしいけど……違うかもしれない。なんとなく頭の片隅で、昨日の酔っ払いの私が「違うよ」と囁(ささや)いている。

「ああ、もう、どうしたらっ！」

こういう時、きっと諒介さんは私を放置しない。もし、諒介さんに家に送り届けられたのだとしたら、とってもマズい気がする。

怖い。皆の前で変なことを言ってしまっていたら、どうしよう。

スマホには誰からのメッセージも入っていない。失態を演じていたら、きっと美咲先輩がなにかしらの情報を残しておいてくれるはずだ。

連絡がなかったということは、大丈夫だったのだと自分に都合のいい解釈をして、とりあえず、落ち着くためにお風呂に入ることにした。でも……

「……うわっ」

私のアパートは、狭いけれど風呂とトイレが別になっている。

その浴室の小さな洗面台の上に、輝くシルバーの重そうな腕時計を見つけてしまった。私のではないけれど、見覚えがありすぎる。諒介さんの物だ。

確か、よく芸能人がつけているブランドで、車が買えてしまう価格のものだとか。それが軽自動車なのか、ミニバンなのか、高級スポーツカーなのかは見当もつかないけれど……今言えることは、ただひとつ。この家に存在するものの中で、一番高い。

無造作に置いておけない自己主張の強さに、頭がくらくらした。うっかり濡れてしまっても困る。たぶん防水だろうけど……

念のため部屋まで持っていって、テーブルの上に置いた。

「月曜日に、チーフ経由で返そう」

そうそうなんでも、諒介さんの思い通りになると思わないでほしい。

どうせわざと忘れていったんだから、私が連絡してあげる義理はない。

でも、もしかしたら酔って迷惑をかけてしまったかもしれない。うしろめたさもあって、悶々（もんもん）としてしまう。

二日酔いもだいぶ治まった昼、お腹が空（す）いてきたので、コンビニに買い出しに行きたい気分になった。

外に出る支度をして、玄関に向かう。靴まで履いたところで、振り返って部屋の中を見回した。テーブルの上に置いた、神々しく光り輝く腕時計の存在が気になり出す。

うちはオートロックもない、ごく普通のアパートだ。運悪く、不在の間に泥棒に入られたって責任は取れない。

想像しただけでも、せっかく調子がよくなってきた胃の辺りがしくしくと痛み出す。

仕方なく、諒介さんの腕時計をハンカチで包んで、バッグの中に入れ外に出た。

ヒールのある靴なんて履けない。パンツスタイルにスニーカーで、胸にバッグを抱え、周囲を警戒しながらも、駅の近くのコンビニかお弁当屋さんに向かう……つもりだった。

「ああ、もう。やっぱりだめだ！」

腕時計が気になりすぎる。ノミの心臓を持っている自分が悲しい。

ここでバッグをひったくられたらと想像してしまうと、食欲がわかない。私は一刻も早く腕時計を手放したくなり、コンビニにもお弁当屋さんにも寄らず、駅の改札をくぐった。

電車を乗り継いで、もうすっかり見慣れてしまったマンションの前までやってくると、もやもやする気持ちをぶつけるように強めにインターフォンを押した。

カメラ付きのインターフォンだから、誰が訪ねてきたのかはすぐにわかるのだろう。

スピーカー越しに『どうぞ』と短く、腕時計の持ち主から返事があり、オートロックが解除される。

エレベーターに乗り込み四階まで辿（たど）り着くと、ひとつしかない扉の入り口で休日スタイルの諒介さんが悠然と待ち構えていた。

「いらっしゃい」

白いニットにシンプルなボトムス。職場で見る時とは違う、くつろいだ服装。他の女性社員が見ることのできない、私だけに見せる姿で微笑んでいる。

「ほんとにほんとに、ずるい人ですね」

私はバッグの中から腕時計を取り出し、諒介さんに差し出した。

「まさか届けに来てくれるとは思わなかった。捨ててしまっても構わなかったのに」

絶対彼は私が捨てるとは思ってないし、きっとやってくるとわかっていたはずだ。

「捨てるなんて……そんなこと、できるわけないです。……もう帰ります」

心が警鐘(けいしょう)を鳴らしている。この人の瞳を見てはだめだと。きっとまた囚われてしまうから。でもそうなりたいと願う自分も確かに存在している。

「待って」

腕時計を押し付けて、きびすを返そうとした私の足は、諒介さんの一言で簡単に歩みを止めてしまう。

「昨日、僕は酔っぱらった君を、丁寧に送ってあげた」

「……ご迷惑をおかけしました。どうもありがとうございました。以後気を付けます」

「お礼は？」

「……なにをすれば？」

「昼飯くらい一緒に食べてくれてもいいんじゃないか」

「それはお礼になるんですか？」

諒介さんが、私に高い食事をおごらせるとは思えない。かといってファストフードをご馳走されて喜ぶ人ではないから、それではお礼にならないはずだ。

なのに、諒介さんは今まで見たことのないような純粋な笑みを向けてくる。

「好きな女性と一緒に過ごせる時間は、ご褒美だろう」

「っ……本当にずるい！」

息がつまる。いきなり爆弾を投下してこないで。私はキッと彼を睨みつけた。でも自分の頬が熱を持っているのがわかる。

好きな女性なんて、この人からストレートに言われて心が揺さぶられない女がいるだろうか。嬉しさと口惜しさが入り混じって、じんわりと涙が滲んだ。

諒介さんはそんな私に一歩近付くと、その長い指を伸ばしてきた。

くいっと下顎を持ち上げられ、背の高い諒介さんを見上げる体勢にされる。そのまま形のよい唇が、まるでそうすることが当然のように、私の唇に軽く重なる。

「んっ……諒介さん。……なんで？　私達、距離を置くんじゃ……」

一瞬の触れ合いのあとに、吐き出した吐息が熱い。

でも待って、まだ私はなんの覚悟もできてない。

「欲しがっているのは君だ。いや、僕達はお互いに……か」

唇が離れると、諒介さんは耳元でそう囁（ささや）いた。

心を見透（みす）かされたようで、ドキリと心臓が飛び跳ねる。私はどれだけ物欲しそうな顔をしていたのか。

彼の言う通りだ。拒否しようと思えばできた。逃げようと思えばいつでも逃げられた。でも私はそうしなかった。

今だって、肩に回った彼の腕を振りほどけない。軽く押された先にあるのは部屋の入り口で、私の足は勝手に促（うなが）された方向に歩みだす。

諒介さんは強引だけど、それはきっと、迷ってばかりの私に合わせているからだ。本当にいやがった時まで、引きとめる人ではない。

ばんっと閉まった扉の音を、諒介さんの腕の中で聞いていた。

漆黒の瞳が私をとらえる。ああ、もっとキスしてもらえると、全身を巡る血が喜びだしていた。

靴を脱がなくてもいいフロアの仕様にもすっかり慣れ、この家の香りに包まれることに、安心する。

早急に深い口付けがはじまり、私は喜んでそれを受け入れた。

諒介さんの唾液には、きっと媚薬が含まれている。一度それを知ってしまったら、与えられないと飢えすら感じる。

「んっ……、諒、介さん」

傾けた彼の首に、自分から腕を巻き付ける。すがり付くようにして、私は彼のぬくもりに包まれた。

難しいことは考えないでいい。理屈も自尊心も、すべて捨ててしまえば残っているのは、みっともなくて愚かな裸の私だ。

「操、舌を出して」

「はンっ、……んっ、ん」

久々に名前を呼ばれただけで、身体が痺れる。

言われた通りに舌を出して、絡ませ合いながら目を閉じれば、こういう関係になってからの短い期間に散々与えられてきた淫欲に支配されていく。

はじめてキスをしたのもこの場所だった。

一晩中、寝室で愛されて、次の日も二人で過ごした。

憧れはあったけれど、自分とは違う世界の人だと思っていた。特別な関係になれたことが夢のようだった。

何度かの週末をここで過ごし、私のアパートでも身体を重ねた。映像のように駆け巡っていくのは、今まで生きてきた中で一番濃密で、嵐のように激しい日々。

そこに昨日の夜に見た夢までが重なる。

「……待って、昨日も……」

激しい諒介さんの口付けが、昨日のこともやはり現実なのだと教える。

「もしかして、覚えていなかった？」

「記憶が曖昧で……」

嘘だ。本当はもう思い出した。でも、あれが夢の中の出来事ではないのだとしたら、私はどうすればいい？

「かわいかった。僕の名前を何度も叫びながら、君は——」

そう言って、諒介さんは私にしつこく自覚を促す。

この気持ちを認めさせようとしてくる。無駄だとわかっていても抵抗したくて、言葉を遮るように、彼の口を手で塞いだ。

しかしゆっくりとした動作で私の手は払いのけられる。

「だったら思い出すまで……」

妖しく笑う諒介さんの顔が、数センチの距離まで近付いた。その間、私は息もできない。我慢比べの勝敗は最初から決まっていた。

「思い出しました。……でも、忘れてください。酔ってたんです」

「それは無理だ」

割って入ってくる舌が熱く、流れ込む唾液が甘い。

強く壁に押し付けられ、手首を掴まれ、自由を奪われるのはいやではなかった。身動きがとれないくらい愛されれば、迷うこともできなくなる。

コンペの時のことは、もうとっくに納得している。冷静になって諒介さんの立場を考えれば、彼に寄り添うことができなかった自分を恥ずかしく思う。

それでも、素直に彼の胸に飛び込めないのは、すべてを捧げて、そのあと失うのが怖いから。

どうして私なんだろう？

その不安から、私が必死に築いてきた壁に、彼は居心地のよさを感じたのかもしれない。

必要以上に踏み込まない。依存しない。

そう見せかけてきたから。

もし、私が今まで見せていなかった部分を晒せば、きっと諒介さんもがっかりするだろう。だから怖い。

「なにを考えている？」

「……わからないんです、私」

「迷っている間は、いくらでも待つ」

待つと言いながら、諒介さんは口付けを再開する。今度は額に、頬に、首筋に、優しいキスをくれる。

そこに愛情を埋め込まれていくような感覚になり、触れられた場所が熱く昂る。

どうしよう。どうすればいいの？

このままでは昨日の夜のように、自分から彼を求めてしまう。

誰かに止めてほしい。そんな私の願いが通じたのか、突然上着のポケットからリズミカルな電子音が響き出した。

「電話？」

確認され、私はこくりと頷いた。彼は顔をわずかに顰めながら、私との距離をとる。

スマホの画面を確認すると、着信の相手は母だった。

「母です……あとでかけなおします。……とりあえず食事に行きませんか？」

この電話により、一度冷静になる機会を与えてくれた母に感謝する。でも、電話に出れば小言が続くのがわかっているし、きっと付き合っている相手のことも聞かれるだろう。

今の宙ぶらりんな状態を、母に説明することは不可能だ。

マナーモードに切り替えただけで電話に出ようとしない私に、諒介さんがなにか言いたそうにしている。

しばらくすると着信は一度途切れたが、またすぐにバイブレーションの振動が、心地のよくない感覚を与える。

母が時間を置かず電話をかけてくるのは、珍しいことだった。

「操、出たほうがいい。……僕は上にいるから、ここかリビングで気にせずゆっくり話しておいで」

はっきりとした口調で諭されて、私は仕方なく憂鬱(ゆううつ)な気持ちで通話ボタンを押した。

それを確認した諒介さんは、励ますような眼差(まなざ)しで頷き、私から離れていった。

「もしもし、お母さん、どうしたの？」

『操、なんで電話にすぐに出ないのっ』

開口一番の母の声には、一度目で電話に出なかったことへの怒りとは別の、なにか逼迫(ひっぱく)したものが混じっていた。

「どうしたの、お母さん？　そんなにあわてて」

『お父さんが、病院に運ばれて……すごく苦しんでて、お母さんどうすればいいのか』

母の声は震えていて、もしかしたら泣いているのかもしれない。

「お父さんが？」

私も思わず大きな声を出してしまう。上階に向かおうとしていた諒介さんが足を止めて、こちらの様子を窺っていた。

『お昼休みのあと、すぐよ。工房で突然苦しみ出したの。今、病院だけど……まだなにもわかっていなくて。でもね、お父さん尋常じゃない苦しみようで、お母さんどうしていいのか……』

「お母さん、落ち着いて。私もすぐに帰るから、なにかわかったらメッセージを送ってくれる？　電車に乗ると通話は難しいから」

『ええ、なんとか、たぶん』

その後、搬送された病院の名前を聞き出し、電話を切った。

母があまりにも不安そうだったから、励ますためにも冷静でいようとした。でも、通話を終えた瞬間に抑えていた感情が溢れだし、焦燥に駆られその場に座り込んだ。

父は頑固で、そしてとても我慢強い人だ。その父が苦しんで、病院に運ばれたなんて……。生死に関わるような最悪の事態を想像してしまい、後悔が押し寄せてくる。

何年も顔を見せず反発したまま過ごして、まさか、このまま会えなくなることもあるの？

浮かんだ考えを、あわてて否定する。とにかく、行かなければ。

「ごめんなさい。私、今日は帰ります」

「なにかあったね？」

「父が倒れたようで……まだなにもわからないのですが、急いで実家に戻ります」

「それは大変だ。送るよ」

ありがたい申し出に、私は素直に頷いた。アパートまで送ってもらうつもりで。

「一度アパートに寄る？　それともこのまま向かう？」

「あの……向かうってどこまで？」

混乱しながら出した声が、思ったよりかすれていた。

その声を聞いた諒介さんは、私の手を握って言う。

「今の状態の操を一人にはしたくない。それに君の実家までは乗り継ぎが多いから、車で行ったほうがいい」

そう言って手を握り、私を連れ出してくれる。誰かの手をこんなにも頼もしく感じたのは、はじめてだった。

§

都内から高速を使って二時間。そこから一般道でさらに一時間半ほど車を走らせて、ようやく辿り着く山間部の町に私の実家はある。順調にいっても三時間半もかかる場所だ。

父の症状について具体的な連絡がきたのは、出発して間もなく……車が首都高速に乗ってすぐのことだ。

「腸閉塞で、命に別状はないそうです。入院も一週間程度ですむだろうって、今連絡がありました」

「そう。病院の面会時間は調べた?」

「午後八時まででした」

「なら間に合うから、このまま向かおう」

「……あのっ」

運転中の諒介さんは、当然私のほうを見ることはない。

「いえ、なんでもありません」

引き返したい。そんなことを言い出そうとした自分が、恥ずかしくて情けない。

命に別状がなければ、会いに行かなくてもいいなんて、そんな問題ではないと自分でもわかっている。わかっているけれど、きっと一人だったら私は本当に引き返していた。

諒介さんの前で、薄情な娘の姿を見せたくない。そんな自分勝手な感情だけで、言葉を呑み込んだ自覚があるから余計にうしろめたい。

父に会うのが怖い。

だって、私は父にとっていらない娘だから。

いったん冷静になってしまうと、会いに行きたい気持ちより、逃げ出したい気持ちのほうが勝ってしまう。

土曜日の午後、地方に向かう高速道路の車の流れは順調だった。一度の休憩を挟んで、私達は午後六時前に父が入院した病院に到着した。

「行っておいで。このまま駐車場で待っているから。実家に泊まるようなら連絡をくれるかな？　明日の夕方、また迎えに来るよ」

「諒介さんは？」

「ビジネスホテルでもどこでも、すぐに手配できる。さあ」

ここで待っていてくれると言ったのは、逃げ帰って来る可能性があると知っているからなのかもしれない。

「……私、もしかして逃げ出しそうなのが、顔に出てます？」

父と顔を合わせるのは三年ぶりになる。それは以前に諒介さんにも話した気がする。でもそれより前から、あることがきっかけで、まともに口をきいていないことは話せていない。

知らないはずの諒介さんにもわかるくらい感情が顔に出ているのなら、どうにかしないと余計父と気まずくなってしまう。

「大丈夫だ。君が姿を見せたらお父さんは喜ぶだろう」

諒介さんは、優しく抱き寄せてくれた。短い抱擁(ほうよう)に励まされ、私は覚悟を決めた。


受付で面会を申請して、父がいるはずの病室に向かう。

大部屋のベッドに空きがなかったので、父は今、一人部屋の病室に入っているらしい。

特に迷うことはなく、部屋の番号を見つけることができた。私が扉をノックしようとした時、中から父の声が聞こえてきた。

「山崎。工房のことは頼んだぞ」

まずいタイミングで来てしまった。どうやら中には山崎さんもいるらしい。

父の声音は病人のそれらしく、いつもの威厳を失っている。

頑固(がんこ)な仕事人間の父だから、いきなり仕事に関わることができなくなって、不安で仕方ないのだろう。それはわかる。

私は中に入るのをためらった。今姿を見せ、弱った父に将来のことを言われるのが怖かった。

そのうちに、山崎さんの声が聞こえてくる。

「大丈夫ですから、ゆっくり養生なさってください」

「……なあ、山崎。ずっと考えていたんだが、うちの本当の息子にならんか?」

立ち聞きはいけないとわかっている。でも、その場から立ち去ることもできない。

「それは、お嬢さんにはっきり断られましたから……ははは っ」

「そうではない。……そうではなくて、操と結婚しなくても養子にはできる。……自分がいつまでも健康ではないと、今日思い知った。……操のことはいいかげんあきらめて、いろいろ整理しておかないといかんと思ってな」

これは聞いたらだめなやつだ。手の震えが止まらない。

十八歳の日の出来事が、急にフラッシュバックしてくる。進路のことで衝突して、父から投げられた一言が、今も私の大きなしこりとなっている。

「操、なにしてるの? 遠慮しないで入りなさいよ」

突然別の方向から声をかけられ、はっと顔を上げた。

大きな荷物を抱えた母が、廊下を歩いてこちらにやってきていた。入院に必要な荷物を家に取りにいっていたのだろうか、少し息を弾(はず)ませている。

立ち聞きしていたことをごまかそうとしているうちに、目の前の扉が勝手に開く。

そこには気まずそうな顔をした山崎さんがいた。

「お嬢さん、今の話……」

「…………」

開いた扉の先の、広くはない病室のベッドの上に、点滴をしている父の姿があった。父も私の存在に気付いた様子だが、目が合うと思い切り逸らしてきた。

ぐっと、なにかが詰まったように胸が苦しくなる。

「ほら、操。どうしたの？　中に入りなさい」

母に促され病室の中に入っても、父はやはり私の顔を見ない。

会いたくなかった。そう言われている気がした。

私はこの空間に留まることに耐え切れず、その場で深々と頭を下げる。

「お父さん。……あの、早くよくなってください。……山崎さん、これからも父のこと、よろしくお願いします。じゃあ私は……もう帰ります。話の邪魔をしてごめんなさい」

「操、あなたなに言ってるの？　……ちょっと」

なにも知らない母の戸惑いを無視して、私はそのまま病室を出て行った。

鼻の奥がツンとしていて、限界が近い。早くこの場から消えてしまわないと、人前で泣いてしまいそうだった。

「お嬢さん！」

私を呼び止める大きな声が廊下に響く。山崎さんが追いかけてきている。

その場にいた何人かの人は、何事かと驚いているだろう。彼のこういうところが私は苦手。他人のくせに、父にそっくりだ。

「待ってください、お嬢さん。誤解です」

なにが誤解なんだろう。父は昔から実の娘ではなく、この生真面目な一番弟子をかわいがっていた。

そして私は、父にとって必要ない娘だった。『お前が男だったらよかったのに』と、そうはっきり言われたことだってあるんだから、誤解なんかじゃない。

父は実家に戻って来ない私を切り捨てて、山崎さんを選んだ。仕事だけでなく、家族としても。

私は山崎さんを無視して、早足で外に向かった。

途中から追ってくる足音が消えていた。それでも私は歩調を緩めることなく、病院を出て、諒介さんが待つ駐車場に必死で向かった。

建物から出てくる私が見えたのか、諒介さんは車から降り、外で私を迎えてくれた。

その胸に、私は迷わず飛び込みすがり付く。

「なにがあった？」

「もう、お見舞いは終わりました。帰ります」

抱きついた私を受け止めてくれた諒介さんは、背中をさすりながら問いかけてくる。

「……操、なにがあった？」

「今、話さないとだめですか？」

とにかくここから離れたい。顔を上げて必死に訴える。

きっと彼なら、私の願いを簡単に叶えてくれる。確信に近い希望を持っていたのに、
諒介さんはひどく戸惑っていた。

「いや、向こうから……君のお父さんが点滴を持って、すごい形相で走って来ているが、あれをどうやりすごせばいい？」

「えっ？」

おそるおそる顔だけうしろに向ける。諒介さんの言う通り、鬼のような形相の父が、こちらに向かってズカズカと走って来ていた。

今日倒れた人とは思えない、しっかりとした足取りで。

「部長さん、あんた……なんでこんなところに！」

父は太い眉を寄せ、真っ赤な顔になっていた。走ったせいなのか、怒りからなのかわからない。

でも私は、それより父から発せられた言葉のほうに、強い違和感を持つ。

「お父さん、今……『部長さん』って呼んだ？」

それに諒介さんも、遠くから走って来る父を見て迷わず「君のお父さん」と言った。

二人は初対面のはずなのに、まるでお互いを知っているような口ぶりだ。

そんな私の疑問に、諒介さんが答えてくれる。

「この前、少しだけお会いしたんだ」

「会ったって、どうしてですか？」

なにがどうなったら、この二人が私の知らないところで、顔を合わせることになるのか。訳がわからず両方の顔を順番に窺うと、目に見えてたじろいだのは父のほうだった。

そうだ。少し前に、父は確かに東京に来ていた。

でも、どうやって諒介さんと連絡をとったの？　会って彼になにを言ったの？

想像だけを膨らませ、かっと怒りが湧いてくる。

今まで私は、父の望む娘になれなかったことに、どこか罪悪感を持っていた。だから強気な態度に出たことはない。でもそれは、さっきまでの話だ。

「どういうことか説明してくれる？　お父さん！」

「いやっ、それは……親として……最低限の……」

「私、恥ずかしい！」

「恥ずかしい？」

「そうよ。私の歳、いくつだと思ってるの？　もう子供じゃないのに職場にもプライベートにも干渉されて恥ずかしい！　まさか会社に電話したの？」

父が知り得た情報は、諒介さんが山崎さんに伝えた範囲に留まるはずだ。だとすると、私の職場に電話をかけたとしか思えない。その電話の応対をしたのは誰なの？

実はもう社内で、父から諒介さんに電話がかかってきたと、噂されていたらどうしよう。

それは笑い話では済まされない。

以前、龍之介チーフに言われていたことが頭をよぎり、さっと血の気が引いていく。

諒介さんは今、失敗の許されない立場にいる。

父の勝手な暴走のせいで、女性関係で揉めていると誤解されたら、どう責任をとればいい？

彼が築き上げてきたものを、壊してしまうかもしれないのに。

「いや、だがな……」

多少の罪悪感があるのか、父の歯切れは悪い。

「知らない。もういいよ……私はお父さんの思い通りには生きられないから。あなたにとって、いい娘になれなくてごめんなさい。もう、私のことを、自分の娘だと思ってくれなくていい」

そんなに大きな声を出したつもりはなかったが、夕方の、人気のない駐車場に自分の声がやけに響き渡った。

その場に母と山崎さん、そして看護師さんが駆けつけたため、父と私がそれ以上言い争うことはなかった。

看護師さんに怒られながら帰ってゆく父の背中が、なぜか丸まって小さく見えて、私は自分の放った言葉が正しかったのか不安になった。

「操ったら、もう、お父さん病人なんだから、無理させないでちょうだい」

残った母が言う。私を強く咎めたわけじゃない。ただ呆れているだけ。それでも相変わらず父の肩を持つ母の言葉に、ささくれ立っている心が過敏に反応した。

「私が悪いの？」

父に、追いかけて来いなんて言ってない。わざわざ追いかけてきた理由も、もう知りたいと思わない。

今の私は、冷静ではない。

黙ったほうがいいとわかっているのに、どうしても止められなかった。

「そうやっていつも、お母さんは――」

「操、やめよう」

諒介さんが、私と母の間に割って入った。

あとちょっとで、私は母にひどい言葉を浴びせてしまうところだった。今、諒介さんに止められるほど、ひどい態度をとっている。

子供じみた自分が恥ずかしくて、思わずうなだれる。

もう、母の顔は見ることができなかった。諒介さんの顔も。こんなみっともないところを見られて、呆れられるのが怖くて、合わせる顔がない。だめだ。呑み込んだ言葉は、駐車場のアスファルトに、ぽたぽたと水の粒が落ちる。

私の瞳から、透明な雫となって外に出て行こうとする。

「先に車に乗っていてくれ。少しお母さんと話してくるよ。……大丈夫だから泣くな」

諒介さんに促されるまま、車の助手席に乗り込んで、身を隠すように顔を伏せながら泣いた。

しばらくすると、諒介さんが戻ってきて、車のエンジンをかけた。

「今日は帰ろう。病院で言い争いをするわけにもいかないから。お母さんもそうおっしゃっていた」

「本当にごめんなさい。ご迷惑をおかけしました」

私はとっくに大人のつもりでいたけれど、諒介さんみたいにはなれない。あと何年かして、彼と同じ年齢になってもきっと無理。カッコ悪いし、情けない。

「家族だからこそ、難しいこともある」

「そうなのかな……」

諒介さんは、私の言動を批判しない。それだけで、私は救われた。

車は一度高速に乗り、東京から遠く離れたインターで降りる。

「どこに向かっているんですか？」

「宿をとったから、泊まって帰ろう。少し疲れた」

そういえば、途中コンビニに寄った時、諒介さんはどこかに電話をしていた。

「この辺りはゴルフ場が近くにあるから、何度か来たことがある」

「ゴルフ、するんですね」

「接待だよ。最近は滅多にないけれど」

私は諒介さんのことをあまり知らない。趣味は釣りだと聞いた気がするけれど、その趣味の釣竿も、接待用のゴルフクラブも、綺麗に片付いたマンションでは見たことがない。

彼の両親がどんな人なのか、兄弟は？……一度も会話の中に出てきたことがないから、一人っ子だと勝手に思い込んでいる。

会社の後継者のことだって、龍之介チーフから聞いてしまったけれど、諒介さんからはなにも聞いていない。

そして、私もまだ、話せていないことがたくさんある。

車が停車したのは、立派な和風建築の旅館だった。

感じのよいおかみさんが出迎えてくれるが、泣いて腫れぼったい目をしていた私は、諒介さんの背中に隠れるようにしていた。

一階の二間(ふたま)続きの広い部屋には、温泉を引いているのだろう内風呂がついている。縁側の先には、絵にそのまま収まりそうな庭まである。

「こんな立派なお部屋……」

「ここしか空いていなかったんだよ」

観光シーズンではないといっても、今日は休日だ。こんなに素敵な旅館なら、予約がたくさん入っていただろう。この部屋が空いていたのは、旅館の中でも、相当なお値段だからでは？　と推測してしまう。

「僕は大浴場に行ってくるから、操は内風呂を使うといい。一時間たってから食事の準備に来てもらうようお願いしておいたから、それなりにゆっくりできるだろう」

諒介さんは、本当にただ休むためだけに私をここに連れてきてくれた。温かい湯と、おいしい料理。たぶん、全部私のためにしてくれたこと。

食事が済んで、二組の布団がきっちり敷かれた頃になっても、諒介さんは今日の出来事について、触れてはこなかった。

「そろそろ休もうか」

彼が明かりを消して、二人で別々の布団に横になる。

「……聞かないんですか？」

「聞いていいのなら」

「迷惑じゃなかったら、諒介さんに、私のことを聞いてほしい」

隣の布団から、諒介さんの手が伸びてきて、私の手を優しく握った。それを返事と受け取って、私はこれまでの自分のことを話しはじめた。

「父との仲が拗れたのは、高校三年の時です。進路を都内の大学に決めた時。……大反対されました」

それより前から、私はずっとデッサンを習っていた。

昔は私がなにを書いてもうまいと褒めてくれたのに、希望の進路を伝えたら、手のひらを返された。服なんてチャラチャラしているもの、どうしようもない、私の絵もそうだと。

そして極めつけに、娘なんて持つものじゃない、お前が男だったらよかったのにと、言われた。

以来、私は父とまともに口をきいていない。

私が地元に戻ってくることを望んでいたのは、そこで結婚して子供を産めば、次こそ父の仕事の後継者ができると考えているからだ。

自分の都合を押し付けているだけで、そこに子を思う親の気持ちは存在していない。

そう説明しても、釈然としない顔をする諒介さんに、私は続けた。

「今日病室で、山崎さんを本当の息子にしたいってはっきり言っていました。父は私とは縁を切りたいんです。だから、もう会いたくない。会っても同じことを繰り返してしまいます」

「……」

諒介さんは、なにか言いたそうにしていたが、私と目が合うと黙り込んだ。その隙に私はもうひとつ、気になっていた話をした。

「父と会ったと言っていましたよね？」

「ああ」

「父は職場に電話をかけてきたんですか？　取り次いだ人に変に思われませんでした？諒介さんに迷惑を……」

このことを思い出すと、また泣いてしまいそうになる。

「大丈夫。大丈夫だから」

「父はなんて言ってました？」

「たいした話はしてないよ。愛娘に悪い虫がついていないか、わざわざ東京に出てきて牽制（けんせい）してくるほど、君のことを気にかけてるだけだ」

「父の場合、そうじゃないんです。欲しいのは跡取りだけ」

「そうだろうか」

「……もうひとつ、打ち明けてもいいですか。……前に付き合っていた人のことです」

これは私の懺悔（ざんげ）だ。

「その人も、父と会ってるんです。呼び出されたって言ったほうが正しいです。付き合うなら結婚前提でとか、いつか地元に戻ってくる気はあるのかとか、父が相手に一方的な要求を押し付けている様子を、当時の私はただ黙って見て、あとから本気にしないで、と謝ることしかできなかった」

「いくつの時？」

「就職したばかりの時なので、二十二歳です」

「そんな若い頃なら、同等に渡り合うのは難しかっただろう。君も、その相手もね」

「……きっとプレッシャーになっていたと思います。とっくに私のことなんか好きじゃなくても、父と約束させられたことで、身動きが取れなくなっていたんだと思います。今になってわかりました。本当に大切な人ができて、彼はようやく前に進めたんです。……今は、時間を無駄にさせてしまったって、申し訳なかったと思ってます」

「無駄なんてことはない。遠回りしたからこそ、わかることもある。お互いにね」

「少しは成長したつもりだったのに、私、全然だめですね。結局今日も諒介さんに全部任せて、なにもできなかった。自分の家族のことなのに」

「僕は頼ってもらえるほうが嬉しいよ。ただ君が前に進みたいと思うなら、一度だけきちんとお父さんと話し合ってみるんだ。……今すぐではなくてもいいから」

今度は私が黙る番だった。

「あれほど頑固（がんこ）そうな父親、なかなかいない。僕にしてみれば、君がお父さんと仲たがいしてくれたら、この先乗り越える壁がひとつ減って楽になる」

軽い調子でそう言った諒介さんは、その後、急に繋いだ手に力を込めてきた。

「でも、一緒に乗り越えることも厭（いと）わない。手強（てごわ）い相手でも、簡単に押し潰されないだけの人生経験は積んでいるつもりだ」

諒介さんはその晩、ずっと私の髪を梳（す）いて、なぐさめるように寄り添ってくれた。

7

それから一か月。

私は相変わらず、父や母と話し合えずにいた。

その間の変化といえば、電話だった母からの連絡がメールになったこと。母も私との関係をどうしていいのかわからなくなっていることが窺（うかが）えた。

父が無事に退院したという知らせも、メールで受け取った。私は退院を祝う短い返信だけをして、やりとりを終わらせてしまった。

（このまま……ってわけにはいかないよね）

あの日は頭に血が上（のぼ）って、私も冷静でなかった。

絶縁宣言をしてしまった時の情景が、傷付いた父の顔で再生されてしまう。

でも、会ったらまた同じことを繰り返してしまいそうで、重い腰が上がらなかった。

諒介さんには、電話で父の退院を報告した。

今、婦人部はかなり忙しいらしく、直接会って話すことができていない。

宿で過ごした夜から、私の中で諒介さんの存在が日増しに大きくなっている。

渡されたマンションの合鍵はまだ持っているから、自分から部屋で待っていたいと、何度か連絡をしようとした。距離を置くという話をしてからも、自分の都合で甘えてしまった私はずるい。もう一度、二人のことをきちんと話し合いたい。

でも、会いに行くとしたら、彼に言われたように、父と向き合ってからでないといけない気がしていた。

そんなある日の午後の職場。諒介さんが私のいるフロアに、突然姿を見せた。

「結城さん、瀬尾部長が呼んでますよ」

同僚に声をかけられ出入り口付近を確認すると、諒介さんが私を手招きしていた。

「すまないが、ちょっと婦人部の業務のことで確認がある……今いいかい？」

「あっ、はい。すぐに」

私はあわてて彼のもとに向かった。二人で部屋の外の通路で向き合う。

「どうかしました？　内線で呼び出してくれれば、こちらから伺いましたのに」

久々に会えた嬉しさなんて吹き飛んでしまう。

部長が自ら来るなんて、相当なことをやらかしてしまったのかと、私は焦っていた。

そんな内心を知ってか知らずか、諒介さんが目を細めて笑う。

「業務のことで、というのは口実。本当は個人的な用件だ」

「え？」

私は、今度は別の意味であわてはじめた。

つい周囲をきょろきょろと見回して、近くに誰もいないことを確認する。あたふたとする反応を相手が楽しんでいるとわかっていても。

通路とオフィスは壁で仕切られているけれど、大きな窓があるから、お互いの姿は同僚達に丸見えだ。

大声を出さなければ、会話はたぶん聞こえない。でも、いつ誰が通るかわからない。そんなことを気にしているのは私だけで、諒介さんは、業務の話をしているような真面目な顔で言う。

「週末の一日、僕に付き合ってくれないか？」

「えっと、いいですけど、どこかに出かけるんですか？」

「釣り」

「私、釣りはしたことないです」

「わかってる。詳しくはまた連絡するから」

それだけ言った諒介さんは、「助かったよ、ありがとう結城くん」と、わざと声を大きくして、仕事の話をしていたように装って去っていった。

この場では済まない話なら、最初から別の方法で連絡をくれればいいのに。イケナイことをしているようで、心臓に悪い。

（きっと、わざとだよね）

この状況なら、私は拒否できないと踏んでいたのだと思う。そんな作戦をとらなくても、諒介さんからの誘いを断ることなんてできないのに。

（でも……社内で、中途半端に噂になることは、避けないと……）

もし、諒介さんを追い落としたい人がいるのなら、批判の材料にされかねない。

もっとも、本人は「それが？」と一蹴してしまいそうだけど。

諒介さんの大胆な行動に、すっかり乱された自分の調子を必死でもとに戻しながら、私はデスクに戻った。

「結城さん、大丈夫だった？」

声をかけてくれた同僚は、婦人部の仕事で問題が発生したのかと心配してくれたらしい。

「え、ええ。ただ資料の場所がわからなかったみたいで。たまたま部長がお手すきだったそうです……」

「そうなんだ。ミスで怒られたわけじゃないならよかった」

同僚はそれで納得してくれたようで、私はほっと胸を撫で下ろした。

その夜、さっそく諒介さんから持ち物や待ち合わせの時刻の連絡があり、それがきっかけで、日常のメッセージのやりとりを続けながら、週末を迎えた。

当日、迎えの車にはたくさんの道具が積み込まれていた。それを見ていると、自然と心が弾み出す。

釣りにはまったく興味がなかったけれど、好きなことを一緒にしたいと思って誘ってもらえたのなら嬉しい。

しかし、いざ目的地に到着して発覚する。私と諒介さんの釣りのイメージには、大きく差があったことが。

「ここって……」

川でも湖でもなく、海に向かっていることにはなんとなく気付いていた。その時点では、沿岸付近ではなんの魚が釣れるのか、想像を膨(ふく)らませていた。

車を降りた場所で広がっていた光景に呆然とする。

やってきたのは庶民とはあまり縁のない、個人所有の船舶が停泊しているマリーナだった。

「まさか、船を持ってるとか言いませんよね？」

「ああ、自分の船はない。今日は友人からフィッシングボートを借りてる。免許は持ってるから安心してくれ」

「はあ、そうですか」

諒介さんは自慢するでもなく、当たり前のように言う。気後(きおく)れするのはこういうところなんだって、言ってもきっと伝わらない。

クラブハウスに立ち寄ったあと、諒介さんの案内で桟橋(さんばし)へ向かう。

「ああ、あのボートだ」

諒介さんは、係留されている白いボートを指さした。

「えっ！」

私が驚きの声をあげたのは、行く手にある船のせいではない。その前に佇んでいた一人の釣り人が、ここにいるはずのない人物に見えたからだ。

帽子と黒の長靴、そして昔ながらの釣り用のベストがよく似合う男性。

桟橋（さんばし）で、海を見ながら仁王立ちしている、大きな背中を持つその人は、どこからどう見ても、私の父だった。

「諒介さん！　どうして、ここに父がいるんですか」

まだ、私達の到着に気付いていない様子の父に見つからないように、声を必死に抑えながら問う。

「お誘いしてみたんだが、来てくれてよかった」

ちっともよくない。心の準備ができていない。

思わず立ち止まって、諒介さんの袖（そで）を引っ張る。

その時、私のスマホがバッグの中で鳴った。母からのメッセージだった。

『瀬尾さんが、何度もうちを訪ねてきて、父さんを誘ってくれたのよ』

絶妙なタイミングでの、このメッセージ。

「もしかして、母もどこかにいるんですか？」

「ああ。クラブハウスの上にカフェがあるから、そこで待っているのかな？」

私はクラブハウスのほうを振り返る。建物の二階の窓から、こちらに手を振っている人影が見えた。

勝手なことをしないで……なんて、父の姿を見た瞬間に湧き起こった感情は、もうどこかに吹き飛んだ。

母からのメッセージを見てしまったら、別の気持ちが大きく膨らんでいく。

諒介さんは、私と父が会う場所を作るために奔走してくれていたの？

何度も実家を訪ねた理由は、一回では目的を果たせなかったからかもしれない。

私の知っている父なら、きっと諒介さんにひどく冷たい態度をとったはず。それなのに、なんで諒介さんは、いやな顔を少しもしないでいられるの？

ここまでしてもらったら、逃げ帰るわけにはいかない。

でも、私はなにをすればいい？　父となにを話せばいい？

緊張で自然と身体に力が入る。

「そんなに気負う必要はないよ。十年近い年月の溝があるんだから、今すぐ全部を埋めて解決しようとしなくていいんだ。ただ、ひとつだけ……」

そうして、他の誰にも聞こえないように耳元で囁いた。

「お父さんは、君のことを誰より大切に思ってる。それだけは信じてくれないか？」

「……はい」

なにも知らないで連れ出された私と違って、少なくとも父は自分の意志でここにいる。あの日病院でも、父は私を追いかけて来た。私はようやく、その理由を知りたくなった。

諒介さんより先に歩き出し、父のもとに向かう。

「お父さん」

声をかけると、父が振り向く。

「わしはただ、釣りをしに来ただけだ」

それは、心のどこかで期待していたものとは違う、いつも通りの、ぶっきらぼうで、友好的とは言えない態度だった。

私がさっそく怖気付きそうになると、すかさず諒介さんが間に入ってくれる。

「お父さん、今日はありがとうございます」

「お前にお父さんと言われる筋合いはないと、何度言ったらわかるんだ！」

普通の人なら震えあがりそうな、強面な父に罵声を浴びせられても、諒介さんは平然としている。

「船内へどうぞ」

不安定な船内に、諒介さんは私の手をとって案内してくれた。その様子を見ていただろう父が、うしろからフン、と鼻を鳴らす。

振り向くと、父は凶悪な目つきで私達を見ていた。目が合うと、すぐに視線を逸らしてくる。

そして、乱暴な足取りでデッキの上を歩き、私達を追い越していく。

「諒介さんは……父が怒鳴っても不快に思わないんですか？」

私は、気になってこっそりと諒介さんに尋ねた。

「ああ、今のは儀式みたいなものだから」

怒るどころか、嬉しそうな諒介さんの心理は、私にはよく理解できない。

釣り用のボートなので、手すりがしっかりついたデッキや床下の収納があるかわりに、豪華な内装にはなっていない。それでもキャビンの中には、数名が座れるシンプルな座席が設置されていた。

「お父さんの言う通り、今日は皆で釣りを楽しむ。それだけだ。さあ出航だ。操はそこに座って」

船を操縦するのは諒介さん。私と父は操縦席のうしろにある座席に並んで座った。

諒介さんは楽しそうに鼻歌を歌っている。操縦席の隣にも座席はあるから、せめてそちらに座りたかった。

横目でちらりと窺（うかが）うと、「不・機・嫌」を全身で表す父がいる。

このキャビンの後方に漂（ただよ）う気まずい空気をどうにかしようと、勇気を出して自分から父に話しかけた。

「……お、父さん……体調は？」

無視されてしまうかも。緊張で声が裏返った。

「……悪くない」

しばらくの沈黙のあと、一言だけ返事が返ってくる。

話しかけたら、最低限の返事はしてくれるとわかっても、会話を継続させることが難しく、また沈黙が訪れる。

父は少し痩せた。病気のせいだったのか、それとも私が心労をかけてしまったからなのか。皺（しわ）の増えた目元を見ると、倒れたと母から連絡を受けた日の後悔を思い出す。なんで、もっと早く父と向き合えなかったんだろうと、悔やんだ気持ちは本当だ。だから、どうにか関係を修復したいけれど、長い年月をかけて深くなってしまった溝は、すぐに埋められそうにない。

結局その後は、諒介さんが海上でボートを止めるまで、父となにも話すことができず、エンジンと波の音を聞いていた。

潮の香りと、強い日差し。海は凪（な）いでいる。

「よし、はじめようか」

諒介さんと父は、本当にただ釣りをするつもりらしく、さっそく準備にとりかかっていた。

三人ともライフジャケットと長靴で、おしゃれとは言えない服装なのに、諒介さんだけカッコよく見える。サングラスをかけているのも、普段と違い新鮮だった。

「ほら、やり方を教えてあげるからおいで」

ひっそりと見惚れていた私を、彼が呼ぶ。

近付いていくと、別の方角からゴホンゴホンと、わざとらしい大きな咳払いが聞こえた。

諒介さんの言葉を信じるのなら、父の態度は、娘が異性と仲よくするのが気に入らないという、世の父親にありがちな心理かららしい。

半信半疑でこっそり様子を見ていると、父は咳払いをしたことなど忘れたように、無言で仕掛けを投げて、さっそく釣りをはじめていた。

やっぱり父の考えていることはなかなか理解できない。私は、咳払いは聞こえなかったことにして、釣り具の準備をしている諒介さんの隣に立つ。

「活き餌は苦手かもしれないと思って、ルアーを用意しておいたけど、いいかな？」

「はい、ありがとうございます」

私は田舎の山間で育ったせいか、実は虫類はわりと平気だ。でも、虫が大好きなわけではないし、諒介さんの前では、しとやかな女でいたい。

気遣いを素直に喜んでいると、今度はケッと、父が不満を吐き出した。

「うちの娘はそんな軟弱者じゃない。ほら、こっちへ来てみろ、わしが釣りのなんたるかを教えてやる」

父の言葉に、諒介さんはおやっと少し驚いた顔をしたあと、おかしそうに目を細めた。私に目配せをして、用意してくれていたものとは別の釣り竿を手渡してくれた。糸の先に釣り針がついているものだ。

「あっ、うん。じゃあ、お父さんにお願いしようかな……」

ぎこちなくなってしまったが、今なら普通の会話ができそうだ。私は父に歩み寄り、手すりにつかまりながら父の隣に立った。

「いいか、餌はこうやってつけるんだ」

「うん」

「あの辺りを目指して投げろ」

「うん」

「獲物がかかっても焦るな」

「うん」

結局、返事をするだけで精一杯になってしまったけれど、なんとか言われた通りの手順をこなすことができた。

「……お父さんも、釣りが好きだったの？」

魚が餌に食いつくのを待つ間、意識して自分から話しかけてみる。父は海を見つめたまま言う。

「お前が生まれる前には、よくやっていた」

「そっか……私の中のお父さんは、休みの日でもいつも仕事してるイメージ。なんでやらなくなってしまったの？」

「それは……仕事が忙しくなったからだ」

「そっか……ありがとう。家族のためだよね？」

「知らん」

父は居心地が悪そうにしていた。そして、しばらくの沈黙のあと、小さい声でなにか呟（つぶや）いた。

「昔は、よく操も家具職人になるんだと……」

「えっ」

「いや、なんでもない……おっ」

父の釣り針の仕掛けに反応があった。釣り竿が大きくしなっている。

「これは大物かもしれん！」

父は懸命に糸を巻き上げていく。諒介さんもすぐに手持ち網を持って駆け寄って、男性二人は興奮した様子で獲物を引き上げようとしている。

そんな二人の姿を見ながら、私は父の言いかけた言葉がなんだったのかを考えていた。

（……ああ、そうだった）

小さい時、父の工房に出入りするのが好きだった。休日は一人で作業をしている父の背中を見ながら、小さな机を出してもらって絵を描いたり、廃材で工作をしていた。

木材の破片を接着剤でくっつけて、おもちゃの椅子を作っていると、父は本物の椅子の構造を見せてくれた。

その頃の私は『大きくなったら、お父さんみたいな家具職人になる』って、何度も言っていたんだ。

今では考えられないほど「お父さん大好き！」な娘だったのに……いつからだろう、父との距離ができてしまったのは。

それは進学で揉めた高校三年生より、もっと前だ。

大きなきっかけはなかったと思う。思春期特有の感情から、自然に父を遠ざけてしまっていた。そのまま中学、高校を過ごし、最後は、家具職人になると言った言葉を簡単に忘れ、違う道に進むと決めてしまった。

最初に父に期待をさせてしまったのも、それをなかったことにしてしまったのも、私だったんだ。

この日、私の釣り糸は、ずっと海に潜ったままだった。

それでも、他の二人が釣り上げた魚が海面から顔を出す瞬間は興奮するし、引き上げを手伝うのも楽しかった。

父と諒介さんが数匹ずつ魚を釣り上げた頃、私は自分の体調に不安を覚えはじめた。

「ずっと下を向いていたから、辛くなってきちゃいました。座って休んでますね」

船にはあまり乗り慣れていない。すぐ下の海面ばかり見ていた私が船酔いするのは当然のことだった。

後尾にある階段に腰をかけて休もうとした私のほうに、心配そうな顔の諒介さんが近寄って来る。

「吐き気は？」

確認され、大丈夫と軽く頷いた。

「まだそこまでひどくないです」

でも、このままずっと釣り竿と格闘していたらひどくなりそう。そう考えていると、船が大きく揺れた。

「危ない！」

ふらついた身体を、諒介さんが支えてくれる。

「わっ……ありがとうございます」

波は穏やかなのに、ボートが急に揺れた。原因は、父だった。

つかつかと私達のほうに歩いてくる。怒らせるようなことはしていないのに、なんで？

「操、お前……まさか、つわりなのか？」

「はい？」

予想外のことを父が言い出し、私はあっけにとられていた。

父は、私から諒介さんを引き離し、なぜか彼の胸ぐらを掴んでいる。

「瀬尾さん！　今すぐ引き返してくれ」

父は、そのまま諒介さんをキャビン内の操縦席まで連行しようとした。

「ちょっと待ってください、お父さん、落ち着いて」

「待てるか！　娘の命がかかってる。この子の母親もつわりがひどかったんだ。入院までして……しかも難産でな、無事に生まれてきたことが奇跡……いや、今はその話はいい。とにかく戻れ！」

今この時でなければ、感動して泣いたかもしれないはじめて聞く父の本音も、この状況では台無しだった。

とんでもない誤解。なんで気分が悪いと言っただけで、妊娠と結びつけるのか。

船に乗ってるから船酔いをした。ただそれだけのことなのに。

諒介さんまで妊娠を疑っているのか、驚いた顔で私を見ている。「そうなのか？」と問いかけるような視線を送ってくる彼に対し、私は思い切り首を横に振って否定した。

すると船酔いがひどくなり、思わずうっとえずいてしまった。

「早く引き返せ。操になにかあったらただじゃおかない！」

暴れる父のせいで、また船が揺れる。もう限界だった。

「違うってば！　暴走はやめて！」

陸に戻るまでの間、船酔いと戦いながら、「百パーセントないと言いきれるのか！」としつこく問いつめてくる父とも戦うことになり、はじめての釣りは、忘れたくても忘れられない思い出になった。

船を降りて少し休んだら、すぐに船酔いは治まった。

合流した母に間に入ってもらい、父はようやくただの船酔いだと納得してくれた。

それから四人で近くの磯料理（いそりょうり）の店に行き、食事をした。

相変わらず父は乱暴だし、自分勝手なことばかり言う。諒介さんに対してもずっと友好的ではない態度をとっている。

私は諒介さんのように笑って流せないから、つい「お父さん！　やめて」と声を荒らげてしまう。

それでも以前までのように、父の一言に必要以上に怯えたり、顔色を窺ったりしなくなった。

「お父さん、ひとつだけ聞いても言い？」

別れ際、私は勇気を振り絞って、どうしても気になっていたことを父に尋ねた。

「なんだ？」

「私が、男だったらよかったのにって……昔、言ったよね。今もそう思ってる？」

ずっと、気になっていたこと。

その言葉を聞いてから、私は生まれてきた瞬間から、父をがっかりさせてしまっていたのかと思っていた。でも、本当は違っていたのかもしれない。

逃げずに、まっすぐ前を見て父の返答を待つ。

「ああ」

父は否定してくれなかった。私が急に変われないように、父も急には変われない。

あれは嘘だったとか、あの時はすまなかったなんて絶対言わない人。

がっかりもするけど、これが私の父だから仕方ない。受け入れようとした時、父は私ではなく諒介さんのほうを向いて言った。

「瀬尾さん、あんたも娘を持ったらきっとわかる……いつか娘を手放さなければならない口惜しさが」

本当に素直じゃない人。だから私も、素直に父に抱きついたりしない。

「早くその気持ちをお父さんと分かち合えるように頑張ります」

諒介さんの返事に、父はぐぬぬと唸った。

そのまま一度、車に乗り込もうとした父だったが、なにかを思い出したように、見送りの私達のところに戻って来る。

諒介さんの目の前で、直立の姿勢から深々と頭を下げた。

「どうか、今後も娘をお願いします」

それだけ言って、父は逃げるように車に乗り込んでいった。

母は車の中から「近いうちに、二人で遊びにいらっしゃい」と手を振って去っていく。

車が見えなくなった頃、私は母や父の言葉にひっかかりを覚えた。

「あれ……あれ？」

「どうした？」

なぜ、父は『娘をお願いします』と言い、諒介さんは当然のように返事をしていたのだろう。なぜ母は『二人で遊びに』と言ったのだろう。

いつの間にか諒介さんは、私の両親を懐柔している。

「恐ろしい人……どこまで計算してるんですか？」

「なんのことかな？」

知らぬふりを決め込むつもりらしい。

私は、龍之介チーフが言っていた『本当に欲しいものはしっかり手に入れてる』という諒介さんへの評価を思い出しながら、自分の世界がこの人を中心に回っていることを実感した。


自分達の車に乗り込む前に、散歩をしようと誘われ、桟橋(さんばし)の辺りを二人で歩いた。

太陽が地平線に沈む直前で、空と海は茜色(あかねいろ)に染まっている。

「少し、自分の話をしていいか？」

「はい」

「これから新しいブランドの立ち上げと、もうひとつ、少し面倒な案件を抱えていて忙しくなる」

面倒な案件とは、きっと役員会のことだ。そこで後継者として認められなければならないと聞いている。深刻そうな表情からそう推測した。

「全部片付いたら……」

諒介さんはそこでためらったあと、もう一度口を開いた。

「全部片付いたら、またどこかでかけようか。……今度は二人で」

「はい。待ってますね」

私のことは、なんでもお見通しなくせに、自分のことはちっとも打ち明けてはくれない。今も、本当に言いたかったことは、呑み込まれてしまった気がする。

言葉にしてくれないと、彼の本音がわからない。

それでも、諒介さんが安心したように微笑んでくれたから、私はただ待つことにした。

8

それから諒介さんと私は、なんとなく恋人同士のような関係に戻っていた。

予定が合えば食事に行き、会えない日は他愛のないメッセージのやりとりをする。

しばらくすると予告されていた通り、諒介さんの仕事がいっそう忙しくなり、直接会うことがほとんどなくなってしまった。

会えないと寂しい。衝動に駆られ、『会いたい』というメッセージを送りかけて、思い留(とど)まって削除する夜を何度も重ねていた。

そして、少しだけ残業をして帰宅した日のこと。

簡単に一人の夕食を済ませ、風呂から上がり、そろそろ寝ようかと部屋の明かりを消したところで、諒介さんからメッセージが届いた。

『今から家に行っていい？　長居はしないから』

私はすぐにＯＫの返事をして、急いで最低限の身だしなみを整えた。

連絡をしてきた時点で、もう近くまで来ていたのか、数分後には私の部屋の呼び鈴が鳴らされた。

「遅くにすまない」

私が招き入れても、諒介さんは靴を脱いであがろうとはしない。

目元には疲れの色がはっきり見える。

「どうしたんですか？　……なにかありました？」

弱っている諒介さんを見るのははじめてだ。

「ただ操の顔が見たくなっただけだよ。迷惑だったか？」

「迷惑なんかじゃありません。嬉しい」

「抱きしめてもいい？」

返事の代わりに、私から彼を抱きしめた。

「ありがとう」

諒介さんは、本当にただ顔を見に来ただけで、少しの抱擁のあと帰っていった。

翌朝。出社すると、職場ではちょっとした騒ぎが起きていた。

引退間近と言われていた会長より先に、常務が退任することが知らされたからだ。

飛び交う「内部抗争」という言葉。

役員の間で一体なにが起きたのか、ただの一社員の私が知ることはできない。

諒介さんから話をしてくれなければ、私から踏み込んでいくことはできなかった。彼のためになにもできない自分が、ただただ悔しい。

経営陣に多少の変化があっても、社員はいつも通り業務をこなしていくだけだ。

諒介さん率いる婦人部では、新しいブランドの、業界関係者やプレス向けの展示会が計画されている。

三日間の日程で開催される展示会。このはじめての重要なイベントは、会社全体で協力体制をとることが決まった。

数日もすれば、常務の退任の話題ではなく、展示会の話題が社員同士で盛んに交わされるようになっていった。

そして私も、龍之介チーフの指示で、展示会当日の手伝いをすることになった。

迎えた展示会。――その最終日。

「結城ちゃん、お疲れ！　このあと二人で飲みに行かない？」

同じく手伝いとして、別ブランドから駆り出されていた美咲先輩が、私にそう声をかけてくれた。

「先輩！　いいですね。行きましょうか」

きっと新ブランドのメンバーは大々的な打ち上げをするだろう。ただの手伝いの私は、そこに入っていくよりも、美咲先輩と二人で気兼ねなく小さな打ち上げをしたほうが楽しい。

まだ会場には諒介さんの姿もあったが、上層部の一団の相手をしていたので話しかけられず、簡単にメッセージだけ送って先輩と会場を出た。

適当な店を求めて、とりあえず駅のほうに向かう。

途中、路地の奥にある看板から、一軒のスペインバルを発見した。

店頭に出ているブラックボードから、手頃な値段であると推測できた。ガラス張りの向こう側に見える店内にはほどほどの客が入っていて、入店しやすい雰囲気がある。

ここならよさそうだと二人で頷き合って、扉を開ける。

「いらっしゃいませ！」

元気のいい店員さんに空いている席へ案内してもらい、とりあえずのビールといくつかのタパスを注文する。

「乾杯！　結城ちゃん、お疲れ」

「美咲先輩も、お疲れ様でした！」

忙しさで走り回っている時は気にならなかったけれど、思ったより喉が渇いていたらしく、私も先輩もグラスの半分をグビグビと一気に飲んだ。

「まあ、なんというかあれですね、実感しました。私もう若くないって」

「新ブランドのメンバーは若い子が多いからねえ……瀬尾部長もそれをうまく引き出してたわ。わりと熱血というか……」

「確かに！」

私が婦人部にいた時は、大声を出している諒介さんを見たことがなかった。

展示会の準備中、諒介さんが声を張り上げている場面を何度か目撃し、彼の知らない一面を新鮮に感じた。

ブランドのメンバーは、はじめての自分達の大きなイベントに真剣で、活気がある。

そんな様子をどこか冷静に見ている私は、彼らとは別の視点にいて、だからこそ見落とされた些細な不備に気付くこともある。

さりげなくフォローしておこうとすると、誰かがすぐに気付いて、お礼と謝罪の言葉が出てくる。

「あの中に入っていたら、私もお局様だったのか……」

タパスに手を伸ばしながら、そう呟いて小さなため息をついた。

今まではどこか新人気分が抜けていなかったけれど、入社して五年もたてば、そうも言ってはいられない。

同期の何人かは結婚退職や育児休暇に入り、人数は減っている。一方、新入社員は毎年入社してくるから、後輩の数は増えている。

もしあの中で仕事ができていたら、自分はどんな立ち位置だったのだろうと考えた。

そして、今の私のままで、それを想像するのは難しかった。

人を引っ張っていくには経験が足りないけど、もう付いていくばかりでもだめだ。ここにきてようやく、今自分がすべきことが見えてきた。

「本音を言えば、やっぱり私は婦人服が作りたいんですよね。だから、今の場所で技術を吸収して、認められてから戻りたい」

「そっか、そっか！　いいぞ、その意気だ。私も負けてられない。……でも、その野心があるのなら、この話は必要なかったかな？」

「なんの話ですか？」

「もし結城ちゃんが婦人服を作りたいなら、ちょうど今、一条先生のところでパタンナーを募集してるんだって。どう？　興味ない？」

「……一条先生って、あの一条菜々子先生ですか？　トワルエヌの。私もあそこのブランドサイトはよく見ていますが、そんな情報どこにもなかった気が……そんな内々の話を、なんで私に？」

「うーん……とある筋から？　結城ちゃんの好きなブランドだから、声だけはかけてみようかと思ったの」

私は自分の会社の服も好きだけれど、仕事にしている以上、気持ちの切り替えのためプライベートではあまり着用していない。

私服で好んで買っているものの中に、一条菜々子という若手の女性デザイナーが手掛けるトワルエヌというブランドがある。

彼女の持つブランドは今のところひとつ。会社自体はうちより小さい規模になるが、先細りと言われるアパレル業界の中で、業績を伸ばしている注目ブランドだった。

「転職なんて考えたこともなくて」

「急がなくていいから、考えてみて」

「はい、あの声をかけてくださって、ありがとうございます」

その後、ドイツビールを飲みながら楽しく会話を弾(はず)ませて、二時間ほどで店を出た。

駅で、別の路線の先輩と別れて一人になったところでスマホを取り出し、画面をチェックする。

諒介さんからは『今日はご苦労様』と『楽しんできて』という簡単なメッセージが

入っていた。

もし私が転職をしたいと言ったら、彼はどう思うだろう。これは彼に打ち明けるべき？

そんな考えも一瞬よぎるが、すぐに打ち消す。

前向きな考えでの転職なら、彼はきっと引きとめない。たとえ本心は別にあっても。

ただ背中を押してもらうためだけに相談するのは卑怯だ。まずは自分が本当はどうしたいのか、ちゃんと考えなくては。

翌週土曜日。展示会を終え、時間に余裕ができた諒介さんから、久しぶりに食事の誘いを受けた。

直前で服装の指定があった時から、予感があった。

彼が連れていってくれたのは、私達のデートでは今まで行ったことがない、高級フレンチレストランだった。慣れているだろう諒介さんにすべてを任せて、私はどこか落ち着かない気持ちで目の前に出された料理に手をつけていく。

「君は今、なにを考えているんだ？」

「諒介さんがなにを考えているのかを考えてます」

だって、誕生日でもクリスマスでもなにかの記念日でもないのに、こんな場所に連れてくるから。

むっとしながら返事をすると、なぜか彼は目を細めて微笑む。

「操の頭の中に、少しでも僕がいるなら嬉しい。僕はいつだって君のことを想っているからね」

極上の料理と、極上のワインと、そして目の前には私をちゃんと見てくれる極上の男性。数か月前では考えられなかった、もったいないくらい幸せな空間に私は今いる。

でもその極上の男性は危険。油断するとすぐに彼の手のひらの上で転がされることになる。

料理の皿が下げられ、諒介さんは私の前に小さな白い箱を差し出してきた。

どきどきと、自分の心臓の音が響く。

「距離を置くと切り出したのは自分なのに、待ちきれなくてすまない。……操との将来を考えている。結婚してほしい。返事は無期限で待つ。いや、待たせてほしい」

「あのっ……」

私の唇は、イエス、と肯定の言葉を紡ごうとしていた。それなのに、諒介さんが遮ってくる。

「聞いて」

「はい」

なぜだろう。諒介さんはこの場に相応しくない、思いつめたような顔をしている。

「心から君を大切にすると誓う。でも、もしOKしてもらえるのなら、ひとつだけ覚悟してもらわなければならないことがある」

私は頷いて、続く言葉を待った。

「僕と結婚したら、君は未来の社長夫人だ。もし、このまま仕事を続けるのなら、これは君にとって、メリットよりデメリットのほうが大きい」

「デメリット？」

「ああ、会社の都合やバランスで、君が目指すものを遮って、違うものを押し付ける可能性だってある。結果を求められることもある」

それは、以前のコンペのようなことがまた起こるかもしれないということ。それに、諒介さんの隣に立つに相応しい人間でいなければならないということだろう。

「実は、龍之介チーフから少しだけ話を聞いていました」

「そうか……、常務が退任した理由も？」

「それは知りませんが、社員の間では内部抗争があったと噂になりました」

「僕が龍之介を差し置いて上に立つことを、歓迎しない人間は何人かいる。その中でも常務にだけは認めてほしいと思っていたんだが……最後は見切りをつけられた」

私は常務と話したことはほとんどないけれど、経営学に精通していて、設立時から会社を支えていた人物で、厳しいが公明正大な人柄だと慕う人は多かった。

諒介さんもその一人だったことが、悲しそうな表情から察することができる。

「結婚と仕事は別。ずっとそう考えてきたが、切っても切り離せないこともある。君は、それを許してくれるだろうか？　ゆっくり考えて結論を出してくれ。その間、これは君に持っていてほしい」

諒介さんは、指輪だけ私に渡して、その場で返事をすることは許してくれなかった。

帰宅した私は、ベッドの上で伏して、枕に顔を埋めた。

望まれること、誰かに必要とされることは嬉しい。なにより私は彼が好きで、ずっと一緒にいたいと思っている。

でも、臆病な自分が心の中で囁く。

私にできるの？　私でいいの？

今、すべての選択肢が私の手元にある。

諒介さんと結婚しても、仕事を続けることができるし、どうしても覚悟ができなければ仕事を辞めてもいい。

もし結婚を断ってもクビにするような人じゃないし、私がいやだと思ったら、今なら別の会社に行くこともできる。

彼の胸に飛び込むことも、逃れることも、すべては自分次第だ。ちゃんと考えよう。私はどうしたいの？

真面目にじっくり考えようとしたが、ひとつ気になることを思い出した。

それは受け取ってしまった指輪の存在だ。

「これ、どうしよう」

大きな石のついた指輪。

私だって女だ。飛び上がるくらい嬉しい。でも、以前の腕時計と同様、このアパートの防犯力のほうが心配だった。

「どこに隠せばいいのかな？」

机やキッチンの引き出しが思い浮かぶが、どこも危うい。クローゼットの中を覗く。上の棚の奥にでも隠しておくか。

夜遅くに、古い書籍が積まれた棚を整理しはじめた私は、出てきた一冊のファッション雑誌に目を留める。

表紙にあった「一条菜々子」と「トワルエヌ」の文字を認識してしまったからだ。

それは約二年前の雑誌で、デザイナーの一条菜々子のインタビューが載っているものだった。

すっかり宝石隠しから脱線した私は、ぺらぺらと雑誌をめくっていき、やがて載っていた彼女のプロフィールの、ある部分に気付いた。

§

あの人をどうこらしめてやろうか。一瞬だったが、本気で悩んだ時間を返せ。

私は、偶然見つけた雑誌の内容をきっかけに、最近の自分をとりまく流れのからくりに気付いてしまった。

プロポーズを受けた翌週会社に出勤すると、真っ先に龍之介チーフのところに向かう。

作業用の小さな個室を持っている龍之介チーフとなら、内密な話をするのは難しくない。職場にプライベートを持ち込まない主義だったが、これは完全なプライベートとも言えないからセーフだ。

「さっさと全部吐きましょう！　チーフ」

あくまで情報収集が目的で、決して締め上げようとしているわけじゃない。……一応。

社内一人気のカリスマ上司相手に、ドンッ！　と机なんて叩いていなかったと思う。

目の前にいる龍之介チーフも、鉄壁の笑顔を保っている。これはとても平和な話し合いなのだ。

「そういえば私、昨日思い出したんですが、チーフはアメリカに留学されていたのですよね。同じ学校の出身者で、同世代にはもう一人、ご活躍中のデザイナーさんがいらっしゃいますね」

「…………えっ？　誰のことだろう。留学してた頃の友人はたくさんいるからなぁ。はははは っ」

あきらかに目が泳いだ。

やっぱり関わっているんだ。

推測が確信に変わった私は、逃(のが)してたまるかと、用意しておいた物証をひとつ、龍之介チーフに突き付けた。

「よくよく探せば、前に雑誌で対談までしているじゃないですか！」

昨晩、一条菜々子さんと龍之介チーフが同じ学校出身だと気付き、そこからネットで検索をしたら、在校の時期が重なっていることがわかった。

そして過去の雑誌を遡(さかのぼ)ること数年分。二人は対談までしていて、友人だと公言しているではないか。

つまり私に突然訪れた転職のチャンスは、美咲先輩が偶然持ち込んだわけではなく、龍之介チーフ経由で来た話の可能性が高い。

でも、龍之介チーフがそんな手の込んだことをする理由はなく、さらにその裏にいるのが誰なのかは明白だった。

「いやあ、なんというか……諒介にはやめたほうがいいって、一応言ったよ？」

おいしい話には裏がある。身をもって体験させてもらった。降って湧いた憧れのブランドへの転職の話が、完全に仕組まれたものだとわかると、がっかりする。

「で、これはなんの茶番だったんですか？」

諒介さんは、私を一体どうしたいのだろう。

一方で転職の斡旋をして遠ざけようとして、もう一方で結婚しようと言う。その行動は矛盾しているように思えた。

「それは本人に聞いてほしい。でも、話自体は嘘じゃない。一条ちゃんの会社が優秀なパタンナーを欲しがってるのは本当。だから、あいつに愛想つかしたのなら、盛大に振って転職しちゃえばいいと思う」

「なるほど、真剣に考えてみますね。……とりあえず、チーフはどうやったら、あの人に盛大にお仕置きできると思います？　二度と裏でこそこそしないように！」

勢い余って、机をドンと叩く。龍之介チーフはそれを咎めることはせず、なにか閃いたように目を輝かせた。

「それなら、こういうのはどうだろう」

§

翌週の金曜の夜。私は龍之介チーフの提案を受け、都内の超一流ホテルに向かった。お詫びにと、龍之介チーフがポケットマネーで揃えてくれた、ブルーのカクテルドレスで武装して。

今夜、このホテルでは業界関係のパーティーが開かれているという。大手ネット通販サイトの社長の主催するパーティーだ。

私は龍之介チーフに同伴させてもらう形で、そのパーティーに潜入することになった。

「諒介は先に来てるはずだから、見つからないようにね。……じゃあ、またあとで！」

開宴の時間よりわざと遅れて到着し、会場に入ってからは龍之介チーフと離れ、なるべく隅のほうに隠れていた。

立食式のパーティー会場には、すでにたくさんの人がいる。

周囲を見ると、いかにも社会的地位の高そうな人、ファッション業界らしい鮮やかな衣装に身を包んだ人、そしてテレビや雑誌で見たことがあるモデルさんなどの芸能人の姿もちらほら。

そんな華やかな人達の中でも、今夜のターゲットは目立っていた。

諒介さんは、最初は同じファッション業界の経営者らしき人達と談笑していた。しばらく物陰から観察していると、だんだんと周囲に集まる人が若い女性に変わっていく。

彼は涼しい顔でやりすごしている。

美女軍団に囲まれて、機嫌よく鼻の下でも伸ばしている男なら、私もこんなに翻弄されずにいられたのに。

「結城ちゃん、お待たせ……見つけたよ」

別行動をしていた龍之介チーフが、ある女性を連れて戻ってきてくれた。

龍之介チーフの隣にいるのは、赤い口紅が妖艶な印象でとてもよく似合っている、スレンダーな美女。デザイナーの一条菜々子さんだ。

「はじめまして、あなたが結城さんね。今夜はよろしく」

「一条先生、はじめまして。このたびはご迷惑をおかけして申し訳ありませんでした」

「いいのよ、楽しいから」

諒介さんへのお仕置きは単純。私が一条先生と一緒にいる姿を見せたら、うしろめたいことがある諒介さんは冷や汗をかくだろう。悪いことはバレるんだということを、彼にしらしめてやるつもりだった。

「ちょうど美女に囲まれてるよ、今。悪くないね。……さあ、行こうか」

私は、一条先生と並んで諒介さんのところに向かった。一条先生も乗り気らしく、私の腕をとって仲のよい友人のように振る舞ってくれる。

当初はビジネス関係の人達に囲まれているなか、さりげなく近寄って反応を見るつもりだった。騒いではいけない場面で、動揺を隠せないだろう諒介さんを見て、笑ってやろうという計画だ。でも美女に囲まれている今も、これはこれでなかなかおもしろい。

「瀬尾部長、こんばんは」

私がこの場にいることだけでも十分驚くはず。声をかけると、諒介さんは普段見ることができないほどの驚きの表情に変わっていく。

「みさ……どうしてここに？」

その疑問には、私より先に龍之介チーフが答えてくれた。

「僕のお供だよ。なんせパートナーがいないもので。……部下にお願いしちゃった」

「……しちゃった、じゃないだろう」

諒介さんは、龍之介チーフに対して怒りを露わにする。

「瀬尾くん、お元気？　あなたの操ちゃん、とってもかわいい子ね、気に入っちゃったわ。私がもらっちゃっていいのかしら？」

「…………一条さんまで」

さあどうだ！　焦って必死に言い訳しなさい。

私はうきうきしながら諒介さんの言葉を待った。

諒介さんが口を開きかけた時、まったく別の……甘ったるい口調の声が聞こえてきた。

「瀬尾さーん？　どうしたんですか、怖い顔して」

美女その一が、諒介さんの肩に触れて上目遣いで問いかけた。

美女その二は、私のことを「誰だお前は？」と言いたげに睨(にら)んでくる。

美女その三は、すでにターゲットを龍之介チーフにチェンジしているようだった。

諒介さんの顔が引きつった。

「結城くん、これはビジネスだ」

美女に囲まれているこの状況をビジネスと呼んでいいのかは微妙だが、諒介さんが乗り気でないことくらいさすがにわかる。

「わかってますよ」

私があっさり流すと、諒介さんはなぜか傷付いた顔をした。

「嫉妬(しっと)もしてくれないのか？」

「どういう思考回路なんですか！」

うっかり声を大きくしてしまい、周囲の何人かがこちらを振り返った。

だめだ、目立つのはよくない。

とりあえず、お仕置きは終了。諒介さんの焦った顔を見ることができたので気分は晴れやかだ。

私は、準備してきた最上級の微笑みでお辞儀をした。

「それでは、今夜はこれで失礼します。部長はどうぞごゆっくり」

くるりと身を翻(ひるがえ)すと、いつもより数センチ高いヒールで転ばないように注意を払いながら、最速で会場を通り抜ける。うしろに誰かの気配を感じても、振り返ったりしない。

「待ってくれ」

追いかけてきた諒介さんが、私の手を掴(つか)んだのは、ホテルを出た時だ。帰宅は許されず、近くの遊歩道まで連れて行かれる。

「ビジネスはもういいんですか？」

つい嫌味を言った。

かわいげない自覚はある。

「もう終わった。顔を出せばよかっただけだ」

「勝手なことを裏でこそこそやりましたね」

「君が怒るのも無理ない」

「あわてた諒介さんを見るのは悪くなかったです。でも、私が素直に騙(だま)されると思ったら大間違い」

「申し訳ない」

「どうしてこんなことをしたのか、教えてください。あなたは私に会社を辞めてほしいんですか？」

「違う！」

強く否定した諒介さんは、真剣な眼差しで私に向き合った。

「君は自由だ。なににも……僕にも囚われないで、自分の人生を選ぶことができる」

「はい」

その通りだけど、なんとなく突き放されたような気持ちになる。でも諒介さんの考えは完全に斜め上をいっていた。

「それでも僕を選んでくれないか？」

「え？」

「どんなうまい話より、僕を選んでくれないか？」

それはどういう意味なのか、きちんと理解するのにたぶん数十秒くらい悩んだと思う。

そして、耐え切れず思い切り噴き出した。

「私があなたに選ばれたのではなく、私があなたを選ぶってことですか。……それってとっても贅沢ですね」

一見身勝手な諒介さんが、なぜかかわいく見えてしまったのだから仕方ない。

「いいですよ。選んであげます。幸せにしてもらうんじゃなくて、私が幸せにしてあげます。助けてもらうばかりじゃなくて、今度は私があなたを助けます。だからこれからは、あなたの本当の気持ちも、ちゃんと私に見せてください」

「それは、この前のプロポーズの返事として受け取っても?」

彼の瞳が、まだ不安げに揺らいでいる。

諒介さんは、大抵の望みは自分の力で叶えることができる人。自信家だし、自惚れが強いだけでなく実際に実力も持っている。

だから私じゃなくても……と、ずっと自信を持てずにいた。でも彼のポーカーフェイスを、私はこんなに簡単に崩すことができる。もっと自分を信じていいのかもしれない。

「この際だから言いたいことを全部言いますね。この前のプロポーズ最悪です。おしゃれなお店に、おいしい料理に、サプライズの指輪まで用意したのに、飛び上がるくらい喜んでる人の気持ちを無視して、結婚のデメリットを語るなんて、ほんと台無しでした」

「逃げ道を用意しておいたつもりだったけれど」

「やっぱりそういうことですか」

私には、プロポーズを断わっても、諒介さんとは一切関わらないで生活を送れる道が用意されていた。他の誰でもない、彼の手によって。

それでも彼は言った。『どんなうまい話より、自分を選んで』と。流されるわけでも、打算でも妥協でもなく、心の底から望んでくれと言われた気がした。それがおかしくて、かわいくて、そして嬉しかった。

「私と結婚してください。あなたとずっと一緒にいたい」

「もう逃がさないから……いろいろな意味で」

距離を縮めてきた諒介さんの温もりに包まれた私は、彼が今どんな顔をしているのかわからなかった。きっと彼も最高に幸せな顔をしていると信じる。

信じたいけれど、いろいろな意味って……どういうこと？

§

ピチャピチャと浴室に響く水音は、水滴が撥ねる音なのか、それとも別のなにかなのか。

やっぱりこの人から逃げておけばよかった。

プロポーズを受け入れてから一時間もたたないうちに、私はさっそく後悔しかけている。

二人で諒介さんのマンションに到着して、てっきり甘いムードになるものだと思っていた。

今夜、はじめてお互いの気持ちが対等になった、そんな気分でいたから。

「このドレス、よく似合ってる」

着ていたカクテルドレスが皺にならないように、まずは脱いでハンガーにかけようと寝室に入った。

アクセサリー類を外している間に、お風呂の準備をしてくると言って消えた諒介さんが姿を見せた。

視線を受けて脱ぎにくくなるが、いつまでもこのままというわけにもいかず、私はファスナーに手をかけた。

しかし、そのファスナーが下まで下りる前に、諒介さんが阻んでくる。

「手伝ってあげよう」

姿見の前で、青いドレスを着たままの私の首筋にキスをした。

鏡には、背後から私のほどいた髪をかき分けながら、うなじの辺りに埋もれる諒介さんの姿が映っている。

服を脱いでいないのに、とてもなまめかしくいやらしい。

「綺麗だ」

そんなこと言われ慣れてない。

「あ、ありがとうございます。実はチーフの見立てで……」

褒められたことへの照れ隠しは、あきらかな自爆だった。

ぴくりと、密着していた諒介さんの身体が強張ったのがわかった。彼は大人の男性だから、細かいことで嫉妬なんかしないだろうと、私は油断していたのだ。

「……ものすごく、気に入らないな」

さっきまで、ドレスを着たままの私を乱すことを楽しんでいたのに、すぐにファスナーを下ろし、剥ぎ取ってしまう。

そうして、諒介さんはそのまま私をバスルームに連行した。

脱衣所で下着もストッキングも脱がしてこようとするので、あわてて自分から脱いだ。

「身体を綺麗に洗ってきます」

逃げるようにバスルームの扉に手をかけたが、諒介さんはやすやすとは一人にはしてくれない。

私を抱き上げ、自分の服が濡れてしまうことも構わず、すでにシャワージェルの泡が広がるバスタブの中に身体を沈めた。

泡がはじけるたびに届くのは、ローズと……ほのかに甘い蜂蜜の香り。

でも、私はそれを堪能する暇もなく、ただ諒介さんのことを警戒していた。

バスタブの横でネクタイを外し、濡れてしまったシャツを脱ぎ、開いたままの扉の向こうに服を投げていく。

諒介さんは、自分も生まれたままの姿になると、ガチャリと扉を閉めた。

今この瞬間に、ここは彼の支配する密室になった。

「お風呂は一人で入りたい……」

絶対無理だとわかっているけど、最後の悪あがきで訴えてみる。

「もとから、一緒に入るつもりだった。けど……」

「けど？」

「僕が不機嫌な理由は、わかるね？」

うっすら笑っているけれど、目がものすごく真剣で、まったく笑えない。「わかってる」と、バスタブに沈みながら、私は何度も頷いた。

「今まで、僕が操を思うように飾り立てたい気持ちを抑えていたのは、君を尊重していたからであって、他の男にその権利を譲るためじゃない」

横暴だ。

そもそも自分が原因で起こったことなのに、すっかり棚に上げて私を追い詰めてくる。これは強く抗議してもいいはず。

でも、嫉妬(しっと)してもらえるのは、本当はちょっとだけ嬉しい。

この場所は彼のマンションで、このバスルームも彼のもの。私はこの家の重い扉をくぐると、彼に従いたい気分になってしまう。

親密な関係がはじまってから繰り返し教え込まれ、身体にしみついている喜びを思い出して、理性が消え失せていく。

「ごめんなさい」

謝りながら、私は期待を込めて彼を見つめた。

諒介さんがバスタブに侵入してくる。

向かいに座ると、そのまま私の脇を持って身体を浮かせ、自分の脚の上に乗せた。

「身体を綺麗（きれい）に洗って、その後は……操のはじめてをもらうから」

「はじめてって？」

もう諒介さんにあげられるような「はじめて」は残っていない。

首を傾げていると、諒介さんは私の疑問に答える前に、深い口付けをはじめた。

湿度と気温の高いバスタブの中でのキス。私は腰までしかお湯に浸かっていないけれど、これではすぐにのぼせてしまいそう。

私の唇の隙間から入り込み、中を侵食していく諒介さんの舌が、いつもより熱を持っている。荒い息づかいを繰り返す私を諒介さんはさらに追い詰めるように、さらに激しく奥まで舌を入れてきた。

「んっ、んっ！　だっ……だめ、なの。……それ、苦しい。……激しすぎます」

「すまない。操の反応がかわいいから、つい夢中になってしまった」

すまないと謝っておきながら、あまり悪びれた様子はない。それでも激しいキスは止まり、今度は指先で私の身体に触れはじめた。

普段自分でなにも思わず洗える部分でも、諒介さんに触れられることで、すべてが性感帯になる。

鎖骨や、背中、腕、お腹、指先まで。そっと触れるだけの時もあれば、強めに擦られる時もある。ぞくぞくとした淫らな清めの行為に、私は翻弄されていく。

「諒介さん、もう、大丈夫。綺麗になりました」

「まだ足りない。ああ、そうだ……ここはもっとしっかり洗おう」

諒介さんはそう言って、私の胸に触れてきた。胸の膨らみは、彼の大きな手によって自由に形を変えている。

尖った二つの蕾は、シャワージェルのぬめりでつるりと滑り、何度も諒介さんの指先から逃れようとしていた。追いかけてくる彼の指が強く当たる。くりくりと転がされ、時折爪で引っ掻くように強く刺激された。

「はぁ、……私、もうだめ……」

「操、まだだよ」

私がバスタブの中で脱力していると、諒介さんがなにかいいことを思いついたように妖しく笑いかけてくる。

「な、に？」

「まだ、洗ってない場所がある」

絶対になにかいじわるをする気だ。

警戒して離れようとしても、彼はそれを許さない。

諒介さんの手は、お湯の中で私のお尻を何度か撫でたあと、ゆっくりと脚のほうに移動していった。そして、内腿に辿り着いた時、諒介さんは私に問いかけてきた。

「どこを洗ってほしい？」

途端に、私の身体はなにかを求めてしまう。彼の手がある場所に近い、とても敏感な部分が刺激を求めて疼き出す。

「言って。……操」

羞恥心から、自分からねだることをためらった私は、固く口を結んだ。

すると諒介さんの手は私の求めている場所とは逆方向に動き出す。

膝、脹脛、そして足首や甲に触れたあと、普段地面につかない足の裏の柔らかいカーブを辿った。

「あっ、ンっ！　それ、くすぐったい」

「くすぐったいだけ？　君は笑う時も、いやらしい声を出すんだね」

「いじわる言わないで……はあっ、やだっ、諒介さん！」

持ち上げられた足の甲に、口付けが落とされる。それだけならまだしも、彼は足の指の間を舌で丹念に舐めはじめた。

「汚いからっ……やだっ」

ついさっきまで、パンプスの中に押し込められていた私の足。シャワージェルのお湯で軽く洗い流しただけなのに。

「汚くないよ、食べてしまいたい」

赤い舌を覗かせた諒介さんは、おいしそうに私の足を舐める。

眩暈がした。足って、触れられるとこんなに感じるものなの？

「あっ……あっ、ンっ」

足の裏にある、柔らかなカーブに諒介さんが舌を這わせた。

力が抜けていく。自分の身体を支えきれなくなり、お湯の中に顔が沈んでしまいそうになると、諒介さんは足を解放し、私を引き上げた。

「バテないで、操。立ってごらん……背をむけて、そこの壁に手をついて」

私の身体は言われた通りに勝手に動く。立ち上がった私に、諒介さんが背後から重なった。

私のお尻に硬いモノがあたる。彼もすっかり興奮していた。

意識した途端に恥ずかしくて、避けるように腰を引くと、だめだとさらに強く押し付けられた。

「……今夜は、これを直接受け取って」

「直接？」

硬くなった男の人の象徴は、すぐにでも受け入れてしまえそうな場所にある。

「諒介さんの……すごく、熱い」

「君が欲しくてたまらないんだ。……今すぐ」

触れ合っているソレを意識してしまうと、ものすごい背徳感と期待が混ざり合ってくる。

はじめてってそういうこと？

私と諒介さんは、今まで避妊具なしでしたことがない。

直接繋がったら、どんな感じなのか。中で精を受け止めたら、今までとなにか違うのか。妄想ばかりが膨らんで、顔が赤くなるのを止められない。

背後から、ぎゅっと抱きすくめられる。伝わる彼の鼓動も速い。

「でも、……いいのかな？」

なけなしの理性が、そう囁いた。

「夫婦になるんだからなんの問題もない」

言いながら、諒介さんは私の秘所の谷間を辿るように、ゆっくりと腰を動かしはじめた。

繋がらない状態で、自分の昂りを私の溶けきっている粘膜と擦りあわせている。

何度かに一度、諒介さんの先端が、わずかに私の肉芽を掠めていく。刺激が与えられるたびに、私は熱い息を吐き出しながら、蜜を滴らせた。

「ああ、すごく濡れてる」

「言わないで……んっ、はあっ……」

疑似的なセックスから与えられる快感を、うっとりした気持ちで受け入れていたけれど、だんだんそれだけでは物足りなくなってきてしまった。

私の敏感な突起を強く刺激しないように、わざと角度がずらされていると気付いたからだ。

もっと刺激が欲しくなり、姿勢を低くして、お尻を突き出した。

「その姿、はしたなくてすごくいい。感じてるのか？」

「うっ……はっい。諒介さんのがすごく熱い、あっ……はぁ」

「ああ、僕もいい。しっかり脚を閉じて？　きっと、もっとよくなれるから」

腰を掴まれ、激しく揺さぶられると、本当に繋がっているような感覚を味わえる。

擦り合わせているだけでこんなに気持ちがいいなら、繋がったらどうなってしまうんだろう。どうしよう……すごく欲しい。

うしろから前へとスライドしていく彼の肉欲を、べとべとに濡らしたのは私の淫らな体液だ。

そのまま滑って、中に入ってしまいそうになるくらい、お互いの雄と雌の部分が溶け合っていた。

私の花芯が、彼を奥へ呼び込むように、蠢いている。

「あっ……、気持ちいい、もっと、もっとしてください……」

「欲張りな操もかわいいよ。……このままイキたい？　それとも、もっと奥で僕を感じたい？」

諒介さんは腰の動きを休めないまま、手を私の前に伸ばしてきた。ぎゅっと、胸の先端を摘まれる。私の奥が疼いて、早く満たされたいと叫んでいる。でも——

「あっ、んんっ……このままがいい。いっぱい擦って、私をイカせてください」

「っふ……強情だな」

笑いながら、私の秘部と胸に刺激を与え続ける諒介さんは、そのまま私のうなじに唇を落としてくる。

「あっ、……しびれる、わたし、今日おかしいのっ、あ……っ！」

ちゅっ、と強く吸い付くリップ音が耳に届く。あっけなく達して身を震わせていると、痛みを感じるくらいの強さで、諒介さんが私のうなじにくらいついてきた。

「ああ、ごめん。痕が残ってしまうかな？　しばらくは髪を束ねられないな」

絶対悪いと思っていないのに。

「諒介さん、……いじわる」

「素直にならない君がいけない。中に入りたい。自制が……きかないんだ」

語りかける諒介さんの息は荒い。囁きながらも、舌で私の耳殻を嬲っている。

「そろそろ、日付が変わる頃だろう。今日を二人の特別な日にしたい。……朝になったら、婚姻届けを出しにこう。なにも心配いらないよ。僕に身を任せて」

私は達したばかりなのに、もう彼が欲しくてたまらなくなっていた。だって、こんなに求められている。

「私。……私も、諒介さんが欲しい！」

その言葉を合図に、諒介さんはすぐに背後から私を貫いた。いつもならある薄い膜すら、今の二人を隔てるものはない。熱が直接伝わっている。

――熱い。

「んっ……諒介さん！　あっ、んっあぁ」

ようやく、私の感じる部分に、強い刺激が届く。

「あっ……あつい……ちがう。なにか違う」

「操のいやらしい蜜が直接からみついてきて、……ああ、また。ほら、奥から溢れ出してる」

「言わないで、……あっ……そこ、おかしくなるから」

じゅぶじゅぶと、卑猥な音が響く。諒介さんはすぐに激しく腰を動かし、私の一番奥を何度も何度も突いた。

「……また、達しそうなのか？」

興奮しきった私の奥は、ひくひくと小さな痙攣を起こしはじめていた。また、すぐにでも絶頂に達してしまいそうだ。

それを感じ取った諒介さんの動きがさらに速くなり、容赦なく私を追い詰めていく。

「やっ……激しくされたらイクから、待って……また、イッちゃう」

「……っく、待てない。焦らされたのはこっちだ」

「あっんん、あああっ、もう、わたし、……もう」

「ああ、何度でも……達していい。……一緒に。全部受け取ってくれ」

諒介さんの余裕のない声を受け取った耳が熱い。

「あっ、諒介さん……はぅっ、好き……ぁっあああぁっ」

懸命に首をひねって、酸素を求めるかわりに、諒介さんの唇を求めた。

「好きだ。……ずっと離さない」

重ねた唇から漏れ出た、男の人のくぐもった声と甘い囁きを交互に聞きながら、私はもう一度、快楽の一番高い場所に上った。

直後、最奥に熱い飛沫が放たれる。

「あっ、あっ……」

「操、ああ、操……」

中に留まって欲望を吐き出し続けている彼自身を感じながら、名を呼ばれるたびに、私は小さな絶頂を繰り返した。

蜜口が解放されると、放たれた白濁が零れ落ちて、内股を汚していく。

「あっ……」

膣壁が収縮すると、また濁った雫が零れた。卑猥な光景に下腹部が疼き、無意識にお腹をさすった。

「ああ、汚してしまった」

諒介さんは手を伸ばし、シャワーを取る。

お湯を出すと、私の内股にべったりとついた体液を、綺麗に洗い流してくれた。

「んっ……もう、いい。もう、綺麗になりました」

「そうかな」

勢いのあるシャワーのお湯が、白濁の流れを辿っていく。達した余韻で敏感になっている私の陰核を、水流が刺激した。

「ひっ、やっ……シャワー、だめ」

「ああ、ここがまだひくひくとしているよ」

「だって、疼きが収まらないんです」

言いながら、またとろりとした粘液を零してしまった。

それは諒介さんの精液なのか、私の陰液なのか、わからないほど混ざり合って、どんどん量を増やしている。

「足りないなら、今度はベッドで満たしてあげる。……もっと君を穢したい」

諒介さんは私をバスタブの外へと連れ出した。

身体を拭く時間も惜しんで、二人でベッドに転がり込むと、私の髪からぽたぽたと水滴が落ちた。

「さすがに、風邪をひかせるわけにはいかないから」

バスルームから持ってきたバスタオルを私の頭にかけると、キスをしながら髪を拭いてくれる。

彼のぬくもりのおかげで寒さは感じない。次第に、濡れた髪などどうでもよくなり、夢中でキスを返した。

「ふっ……はぁっ、キス……いっぱいください」

身体を密着させながら、自分から舌を出して絡め合う。タオルが邪魔になって、諒介さんから奪ってその場に落とした。

「君は本当にキスが好きだな」

「あなたの、キスが好き」

「ああ、操……かわいい」

タオルがなくなると、諒介さんの指先が、私の髪に直接触れる。乱すのではなく、梳くような優しい触れ方をする一方で、口付けはどんどん激しくなっていく。酔わされて、頭の芯がぼうっとしていった。私の身体は彼のもので、彼の身体は私のもの。

もっと混ざり合って、ひとつになりたい。溶け合いたい。

私は諒介さんにすがり付きながら、自分のほうへと誘い込んだ。自然に二人の身体が傾き、ベッドに沈む。はしたなく脚を絡め、早急に重なることをねだった。

「どうした？」

少し前に精を放ったばかりの諒介さんの象徴は、もうすでに硬さをとりもどしていた。彼だって、私をこんなに求めている。

それなのに、諒介さんはわざと焦らして私を追い詰める。

「欲しいなら、自分で脚を広げてごらん。操のいやらしい部分をよく見せて」

私は頷き、両膝を開いて秘所をさらした。

恥ずかしさで彼の目が見られなくて、視線を遠くに逸らしていると、諒介さんのため息が聞こえた。

「諒介さん？」

彼から求められた行動と違うことをしてしまったのか。不安になって確認すると、諒介さんは顔を紅潮させていた。

「操がいやらしすぎるのがいけない……」

視線が合うと、咎めるように言われ、自分の手を私の瞼の上にかざした。

「どうして？　これじゃ顔が見えない」

「余裕のない顔を見られたくない」

諒介さんは勝手なことを言って、ゆっくりと熱塊を押し込んでくる。視界を奪われ、耳が研ぎ澄まされていく。

「今度は、もっと時間をかけてゆっくりしようか。朝までずっと繋がったままでいたい」

「ふぁ、あっ……朝まで……なんて、むり」

楔がゆっくり私の中を行き来するたびに、ぐちゅぐちゅと響く淫猥な音を、確実に耳が拾っていく。

「ああ、すごい締め付けてる。僕の形がわかるだろう？」

声さえも、私を翻弄するための武器になっている。

「んっ……おねがい、顔を見せて。怖いの」

そう懇願すると、諒介さんがようやく目隠しをやめてくれた。

開けた視界。そこにいたのは、悠然と微笑むいつもの諒介さんだった。

心を乱して顔を赤らめていた人は、さっさとどこかに消えてしまったようだ。

いろんな顔を見たいのに。全部さらけ出してほしいのに。相手はなかなか手強い。

それでもこれから、ずっと一緒にいればきっと……

§

何度達して、いつ眠ったのかもわからない。

シーツは乱れ、身体もべたべたしていて、髪はちゃんと乾かしていなかったからボサボサ。

清々しいとはいえない状態で朝を迎えた私の耳に、清々しい声が届く。

「――瀬尾です。娘さんから結婚の承諾がもらえたので、これから婚姻届けを出しにいこうと思います。……ええ、式は後日よく相談してから。……はい、来週末に二人でそちらへ……はい、今後もよろしくお願いします」

「今、誰と電話してたんですか」

「茂さんだよ」

諒介さんはご機嫌だ。

「茂さんって、うちの父？」

いつの間にそんな仲になったのか。不審な顔を向けると、諒介さんは悪びれもせず言う。

「どうしてもお父さんと呼ぶなと言われたから、ファーストネームで呼び合うことにした。最近はスマホを使いこなしてくれて、メッセージをやりとりしてるよ。操もグループに入れようか？」

「結構です」

「ご両親の許可をもらったから、これから区役所に行こう」

ひらひらと見せてきたのは、すでに私が書くべき場所以外はすべて埋まっている婚姻届け。

証人の欄には、私の父と、諒介さんのお父様らしき人の名前までしっかり書いてある。

「本気だと思わなかった。……それに、うちの父がいいって言ったんですか？　絶対『順番が！』って言うタイプだと思ってたのに」

「それをやってると、操の気持ちがいつ変わるかわからないから、黙認してくれるそうだ。ただし、結婚式はよく相談して、ゆっくり計画することで折り合いがついてる」

「でも、あなたのご両親は？　それに会長や会社にいるご親族も」

「根回しできてないはずないだろう」

不敵に笑う諒介さんに感心していいのか、呆れていいのかわからなくなってしまった。

§

「ねえ、ニュース！　ニュース！　瀬尾部長、結婚したって聞いた？」

「薬指にがっつり指輪があったわよ」

「相手はどんな人ですかって聞いたら、秘密だって意味深に微笑まれたわ」

「モデルだか、女優って噂もあるよ」

「愛妻弁当とかショック。……そんなキャラだったわけ？」

ランチタイムの遠慮のない女子トークが、どこかから聞こえてくる。

「あれは絶対冷食だったけどね」

「――ごほっ」

入籍から二週間後。私は会社のフリースペースで、持参した弁当を食べていた。引っ越しや両親への挨拶を慌ただしく済ませ、ようやく新しい生活をはじめられた、そんな頃、社内では「瀬尾部長結婚」のニュースが駆け巡っていた。

「……冷食」

呟き込む私に対して冷ややかに言ったのは、コンビニおにぎりを買って、私のランチに付き合ってくれている美咲先輩だ。

彼女は聞こえてきた女性社員達の言葉から、私のランチボックスの中身を確認したらしい。もうとっくに全部見られているけれど、私は最後の抵抗で、そっと蓋（ふた）を斜めにして隠しながら、問題の冷凍パスタを口の中にいれて証拠隠滅を図（はか）った。

「だって、こっちも仕事してるんだから仕方ないんですよ。どうしても作れと言うから」

諒介さんのお弁当も、私の弁当もレンチンものの占める割合が多い。同じ弁当だとバレないように中身は少し変えてあるけれど、偶然、その冷凍パスタだけかぶっていた。

勢いで入籍したのはいいとして、心の準備ができず、私は社内での公表に待ったをかけてしまった。

心の準備というのは、彼の隣でずっと仕事をしていく覚悟のことではない。発覚したら、今すぐにでも直面するだろう、女性同士の繊細な心の問題のほうだ。

隠そうとする態度がおもしろくなかったのか、諒介さんはじわじわと私を追い詰めてくる。

まず、諒介さんは一人で指輪を付けている。

誰かに聞かれるたびに「結婚した」とアピールしている。

今朝は、料理が苦手な私に弁当を作れと要求してきた。

私は「幸せにしてあげる」と宣言をしてしまったから、諒介さんからのささやかなお願いは断りにくい。

しかも「操が作らないなら、僕が二人分弁当を作る」などと、自作自演の新婚さんアピールまでしようとするから、もうどうしていいのかわからない。

それにしても、社内の女子の反応が意外に大きかった。

どちらかというと、龍之介チーフのほうが人気なのかと思っていたが、噂によると付き合うなら龍之介チーフで、結婚するなら瀬尾部長なのだとか。

その瀬尾部長の相手が私であることは今のところ、ごく一部の人達にしか知られていない。でも、それはいつまで隠し通せるのか。

昨日は、提出した書類関係を見たであろう、総務の子の視線が怖かった。

「どうしよう……このままだと余計言い出せなくなってしまう」

「覚悟決めなよ。もうすぐ会長が引退して、いろいろあるんでしょう？　おじいさまの誕生日パーティー、孫嫁の立場でないがしろにできないわよ」

「それが一番怖いんです！」

来月、諒介さんの祖父である、会長の誕生日パーティーがある。

そのパーティーでは、会長の引退や、それに伴う経営の新体制も発表される予定だ。

後継者については、すでにちらほらと噂が飛び交っている。

私は諒介さんから話を聞いていて、社員の間で囁かれている噂は概ね事実だと知っていた。これが正式に発表されれば、諒介さんがさらに注目される存在になることも。

私は、パーティーを楽しみにしている諒介さんの様子から、なにかまた企んでそうだなと警戒している。それをやんわり牽制すると、諒介さんは悪い笑顔でこう言った。

「君が本当にいやがることはしないと誓っている」

夫となった人は、一筋縄ではいかないちょっと厄介な人で、私と彼の危険な関係は、まだしばらく続きそうだ。

ドレスか白無垢か、

それは重大な問題だ

『白無垢』

たった三文字の言葉が、ある人物から送信されてきた。

アイコンはツキノワグマ。アカウント名は「父・SHIGERU」。操の父、茂さんからだ。

メッセージアプリで定期的にやりとりをしている僕らだが、今週末に結婚式について相談に行きたい旨を伝え、やんわりと希望を聞いたところで返ってきたのがこの言葉だった。

これは非常にまずい。操と茂さんは和解をしたものの、年単位で口をきいていなかった関係だ。

今でもお互いに直接コミュニケーションを取るのが苦手らしく、最近は僕が仲介役になることが多い。

しかし結婚式は、父と娘にとっても一大イベント。新郎ごときが間に入って、なにをどうまとめられるのだろう。

　入り口からして、すでに操と茂さんの意見が大きく違っている事実に直面し、僕は途方に暮れた。

『実は操さんは、自分でドレスをデザインすると、とてもはりきっているのですが……』

　おそるおそる、今の彼女の状況を説明する内容を送った。早めに軌道修正しなければ、取り返しのつかない隔たりができてしまう。

　しかし間もなくして——

『式は神前、衣装は白無垢』

　念押しの白無垢宣言。

『善処します』

　僕はひとまずメッセージのやりとりを終わらせて、スマートフォンの画面をオフにした。

　彼女には、とても言えない。

　今も操は同じ部屋にある机に向かって、自分が着たいドレスのイメージを膨らませながら、何枚もデザインのラフ画を描いている。

「明日も仕事だろう。ほどほどにしておいたほうが……」

「レース！　レースをいっぱい使いたいんです。マリアベールもいいな。ねえ、諒介さんは、どんなシルエットのドレスが好みですか？」

「……僕の好み？　難しいな。君ならどんなドレスでも着こなせると思うが……」

するとなぜか操は顔をしかめる。

心から思っているから口にしたのだが、操は「お世辞はいいです」と本気に受け取ってくれない。

「マーメイドは着こなせる気がしないなあ。やっぱりAラインかな？　ベールにこだわるなら、スレンダーな感じのほうが無難ですよね。ああ、そうだ。あとこれ、結婚式の場所を考えてみました。身内だけでいいってことだったので……」

作業を止めてぱっと差し出してきたのは、丁寧にクリアファイルに挟まれた資料だった。

三つ折りのパンフレットには、石造りの壁と尖った屋根を持つ立派な建物の写真が載っている。

「……教会？」

「はい。ヨーロッパから移築された建物なんですよ。ステンドグラスとパイプオルガンが素敵でしょう？」

ついこの間まで、いろいろ面倒だから結婚式は無理にしなくてもいい……という態度だった彼女が、急にやる気を出したのには理由がある。

ひとつは、先月の祖父の誕生日パーティーをきっかけに、社内で僕の結婚相手が操であることが広く知れ渡り、隠す必要がなくなったことだ。

もうひとつは、祖父からある提案を受けたことだ。

先月のパーティーは、会長職を引退する祖父のために開かれたものだが、今後の会社の経営方針を示すための、重要な場でもあった。

そこで僕が専務取締役に就任することを発表する予定だったので、操にも妻としてどうにか出席してもらった。

場違いだと、彼女は最初こそとても緊張していたが、いざ会場に入れば、実に堂々とした立ち振る舞いだった。

そして、祖父と意気投合し、共同でウエディングドレスをつくると話を弾ませていた。

操にとっての祖父は偉人レベルの存在らしく、敬愛の念を込めて見つめる眼差しに嫉妬さえしてしまう。

僕はそのパーティー用に、妻の好きなデザイナーのドレスをプレゼントするくらいしか思いつかなかった。

だが祖父は、もともとデザイナー志望の彼女に、結婚式用に自分でデザイン案を出してみたらどうかと提案してきたのだ。

それは頭の固い僕には思いつかなかった提案だ。家に帰るとすぐに張り切って作業をはじめた妻の姿を見て、己の発想力の貧困さに打ちのめされた。

所詮僕は経営側であり、数字と闘う男。アーティストにはなれないのだ。

祖父や、従弟や、妻……創作家気質な人達に囲まれて疎外感を感じなくもないが、自分にしかできない役割があると信じている。

僕は、操の理想の結婚式ができるようにサポートすべく、各方面の調整に乗り出した。


しかしのっけから、操の父との方向性の違いが浮き彫りになってしまった。衣装だけならまだ……と思ったが、場所までとは。

この難しい父娘の間の問題をどう調整するのか。夫としての真価が問われている。

「この教会での挙式は決定事項？」

操から渡されたパンフレットに目を通し、平静を装って問いかけた。

「諒介さんのご両親が賛成してくれたら、私はここがいいです」

……いや、僕の両親ではなく、君の両親の許可が一番の問題なんだ。

自分の父親がどれだけ頑固か気付いてくれ！

そんな心の叫びは、きっと彼女には届いていない。

§

週末。僕達は約束通り操の実家へ車で向かっていた。

「実は、お父さんは和式の結婚式が希望だとおっしゃっていたよ……神社で白無垢がいいそうだ」

事前に知らせないとトラブルになると思い、話を切り出したのは高速に乗ったあとだ。卑怯だとわかっているが、家を出る前に教えると、帰省をとりやめる可能性があったのでこのタイミングになった。

予想通り、操は遠い目をして言う。

「……ちょっと、いったん引き返してもらえますか？　心の準備ができません」

「操。……僕から話すから」

引き返すことはできないと態度で示すと、操はしばらく考え込む。そして、はっきりと言った。

「いえ、自分でちゃんと話します！」

ドレスのパワーは凄まじい。

父親に対してわりと弱腰の彼女が、いつになくやる気だ。このやる気が、凶と出なければよいのだが。

そして操は、実家に到着してすぐにその話を切り出した。

たぶん、決意が揺らがないようにしたかったのだろう。

「お父さん、私はこの教会で挙式を考えてるから、ご協力お願いします」

そう言って、操が丸いちゃぶ台に置いたのは、例の教会のパンフレットだ。

「教会……だと？」

茂さんはその表紙だけ眺め、中を見ようともしない。

「私はどうしてもウエディングドレスが着たいので、今回は譲ってください」

「結婚式はちゃらちゃらした余興じゃない。ドレスが着たいなら好きにすればいいが、伝統を大切にしろ。式は白無垢だ」

「またお父さんは！　いつもそうやって古い考えを押し付けてこないで。私は教会でドレスが着たいの。私の式なんだから、好きにさせて」

ものすごい速さで、その場に暗雲が立ち込めてきたように思えた。事実、茂さんの眉間の皺がどんどん深くなっていった。

意地と意地をぶつけ合う父娘の関係が悪化しないように、僕は必死に考えてきた妥協案をひとつ、提示してみた。

「あの……いっそ二回やるのはどうでしょうか」

「それはいやです！」

「一生に一回でいい！」

そこは父娘でぴたりと意見が一致するらしい。

結局、頑固なところは似た者同士。本当に困ったものだ。

ちらりとお母さんに視線を向けるが、お母さんは苦笑しながら「あらあら、まあまあ、とりあえずケーキでも食べる？」とお皿にケーキを載せはじめている。

お母さんにはなんの策もないのかとがっかりしかけたが、甘い物を目の前にした時、わずかに綻んだ茂さんの顔を見て、さすが何十年も連れ添った夫婦だと感心した。

「ほら、操。腹が空いてるからイライラするんだろう」

茂さんは、操の好きなチーズケーキを一番先に彼女に差し出し、自分はチョコレートケーキをしっかり確保する。

操は口を尖らせながらそれを受け取り、黙って食べはじめた。

その後、夕食の時間もそれなりに和やかにすごせた。

操も茂さんとの対立をなるべく避けたいのか、再度結婚式の話を出してくることはなかった。

ここは僕がなんとかしなければ。

この日は最初から宿泊する予定になっていたので、夜男同士で話そうと、風呂に入って気合いをいれる。

だが、ゆっくり浸かった風呂から僕が戻って来た時、すでに事態は動いていた。

「とにかく、今回は譲りませんからね！」

廊下に響いてきたのは、操の声だ。

「勝手にしろ。わしは知らん」

茂さんの声も、怒気を孕んでいる。

すぐに足音が聞こえ、居間から操が飛び出してきた。

「操……」

彼女は俯いて、目に涙をためていた。僕がゆっくり湯に浸かっている間に、随分やりあってしまったようだ。

「私、ちょっと自分の部屋にいます」

追いかけようかと悩んだが、こういう時は一人で冷静になる時間も必要だろう。

僕は別の部屋に置いてあった自分の荷物から、あるものを取り出してラスボスがいるだろう居間に足を踏み入れた。

居間の明かりはついていて、テレビもつけっぱなし。でも、そこにいるはずの茂さんがいない。

辺りを見回すと、襖の向こうに人の影を発見した。

そっと襖を開けると、茂さんは、一人縁側に座ってお茶をすすっていた。

「少しいいですか？」

声をかけるが、一瞥されてフンと背を向けられてしまう。

しかし、ここで逃げ帰るわけにはいかない。僕にはこんな時のための最終兵器がある。

それは都内某所でしか買えない有名ショコラティエのチョコレート。

茂さんの横に勝手に座り、彼の視線に入るようにチョコレートを差し出した。

「……式の件で懐柔しようというのなら、無駄だ」

そう言いながら、茂さんの手は化粧箱のリボンを外しにかかっている。彼は根っからの甘党なのだ。

結城家の庭は広く、よく手入れされている和風庭園だ。

今は灯篭に明かりが灯っているわけではないので、夜に季節の花を楽しむことはできない。ただ虫の声と、心地のよい、山間に吹く夜風を感じるだけだ。

「これを見ていただけますか？」

僕は自分のスマホを取り出して、ひとつの動画を茂さんに見せた。

その動画は、撮影者の僕が、操のいる部屋に入っていくところから始まる。

彼女は机で一生懸命デザイン画と向き合っていて、しばらく僕の存在に気付かない。

それくらい集中していたのだ。

時折鉛筆を指で回してみたり、口の上に載せながら考え込んでみたり、その姿がかわいらしく、僕が笑いをこらえきれなくなったところで、操がカメラに気付く。

『あれ、なんで撮影してるんですか？』

『なんとなく』

『やだ、やめて恥ずかしいから！』

『今のところ、どれが一番よさそう？』

構わず僕が質問すると、操はうーんと考え込んで一枚のデザインを見せてくる。

『これかな？　クラシカルなドレス。露出もないし、これならお父さんも気に入ってくれそう』

スケッチブックをカメラの前にかざしてみるが、恥ずかしそうにすぐに隠してしまう。

映像はスケッチブックを抱え、はにかんだ操が映ったところで終わりだ。

「そのドレスのデザインがこれです」

別にとってあった画像を茂さんに見てもらう。

教会のパンフレットには目もくれなかった茂さんが、その画像を凝視していた。

「きっと操さんに似合うと思うんですが、どうでしょうか」

すぐには返事が来なかった。

茂さんはチョコレートをひとつつまんで、ゆっくりと味わったあとにぽつりと言った。

「………悪く、ないな」

茂さんの持つ職人の魂は、熱心になにかに取り組んでいる娘の姿を無視することなどできないのだろう。

これは丸くおさまるかと、僕は安心しかけた。だが、茂さんは迷いを振り切るように、首を横に振った。

「いいや、やっぱりだめだ。わしには似合わん」

「茂さんに？」

自分がドレスを着るわけでもあるまいし。つい、なにを言い出すんだと訝しく思って見ると、茂さんは不貞腐れたような顔をする。

「わしは新婦の父親だぞ。モーニングだかなんだかを着て、操と一緒に歩くのだろう。……脚の長い瀬尾家の父上ならさぞ絵になるだろうが、わしにはとても」

「モーニングって、ひょっとして……それが理由で、反対されていたんですか？」

「おい、笑うな。わしにとっては切実な問題なんだ。みっともない姿は操の恥にもなるだろう」

なんだ……そういうことだったのか。

そういえば、最初に会った時から、茂さんは脚の長さを気にしていた。

それが、彼のコンプレックスなのか。

服装を変えても脚の長さは変わらないが、本人が袴姿のほうが似合うと思っているのなら、否定しようとは思わない。娘への愛が強すぎる茂さんだ。せっかく仲直りできた操の希望を突っぱねる理由がよくわからなかったが、深刻なものではなくてよかった。

この問題の解決策なら、僕はたぶん知っている。

「では、紋付き袴でどうぞ」

「ん？」

「問題ないはずですよ。茂さんは洋装でも和装でも」

「そうなのか？」

「はい。バージンロードの件も。どうしても歩きたくないのなら、強制されるものではないと思います」

「いや、待て。父親としての役割くらいきちんとこなす！　でないと瀬尾家のご両親にも失礼になるからな」

さっきまでの厳めしい顔はどこかに消え、残ったのは、一生に一度の娘の結婚式にはりきりだした父親の顔だった。

§

数か月の準備期間を経て、僕と操は教会で式を挙げた。

教会の扉が開くと、家族と親しい友人に見守られながら、美しい花嫁が父親とともにゆっくりと歩いてくる。まっすぐ僕のほうに向かってくるその姿を見ることができたのは、この上ない幸福だ。

操がデザイン案を出して、祖父と一緒に作り上げたウエディングドレス。

仮縫い以降は見せてもらえなかったので、彼女がそのドレスに身を包んだ姿を目にできたはじめての瞬間になった。

生成りの生地のドレスは、首まわりがレースのハイネックになっていて、教会での挙式に合わせた清楚なデザインになっている。

一番こだわったというベール越しに見える操は、俯いて瞼を震わせていた。

感動で泣きそうなのか。思わずもらい泣きしそうになったが、なにかがおかしい。

歩く姿はぎこちなく、瞼だけでなく肩まで震えだしている。

花嫁と腕を組んでいる袴姿の茂さんが、がちがちに緊張しているせいだ。

ロボットのようにぎこちなく歩むその足取りは、操の歩調とまったく合っていない。

普段と違う服装で、普段と違う歩き方をしているのだから、不安だったら下を見ながら歩きたくなりそうなものだ。でも、茂さんは斜め上の天井と壁の狭間の辺りを見ている。途中からは危なっかしくて、ドレスの裾を踏んでしまわないようにと願いながら、はらはらした気分で応援していた。

きっと他の参列者も同じ気持ちだっただろう。

そんな父娘が、時間をかけてなんとか僕の前までやってきた。茂さんは組んでいた手を振りほどくと、少し乱暴な手つきで操の手を握る。

そうして僕の手も掴み、お互いの手と手を繋ぎ合わせてくれた。痛いくらい、力いっぱいに。

「……操、よかったな。本当によかった」

僕と操の手の上に、茂さんの無骨な手が重なる。硬い肉刺がいくつもある、物をつくる職人の手だ。

「お父さん、ありがとう」

操が声を震わせながらそう言うと、茂さんは「フン」となにかをごまかして参列者の席のほうに戻って行った。

その目が赤くなっていたことを、はっきり見てしまった人は少ないだろう。僕も心の中にそっとしまっておく。

二人が愛を誓う間も、その後のホテルでの会食の時も、茂さんはほとんど誰とも話さず気難しい顔をしていた。ときどき上を向いたり、たまに鼻をすすったり。

この人が今日どんな気持ちでいるのか、いつか自分にもわかる日が来るだろうか。

§

「諒介さん、もう脱いでいいですか？」

式と、その後の会食を終えた僕達は、参列者を見送ったあと、会食の会場だったホテルの一室に引き上げた。

ルームサービスでワインを頼んで、二人で静かに祝う。

会食終了後、衣装部屋でドレスを脱いでもよかったのだが、あえてそれをせずに部屋まで引き上げてきた。

「まだ、そのままで」

一杯目のグラスが空になったあと、着替えようとした彼女を制止して、もう一度グラスを満たす。

ついさっきまでの彼女は、彼女自身のものであり、他の家族のものだった。

祖父との衣装の制作も不平を言わず見守ったし、うちの両親が彼女を独占しようとするのも容認した。従弟の龍之介のからかいも、今日だけは笑顔で流した。

それに、なにより彼女の両親がこの結婚を祝福してくれるよう、心を砕いてきたつもりだ。

だが、ここからはようやく僕の時間だ。

「でも、皺になるから」

「二回着るものではないから、いいだろう……どんなに汚しても」

これからどうしようかと、想像すると楽しくて仕方ない。その気持ちを隠さず操を見つめると、彼女はわずかに顔を赤らめて、ワインで濡れた唇を舐めた。

潤んだ瞳で僕を見つめ返してきたかと思うと、所在なさげに視線を彷徨わせたりしている。それを繰り返すたびに、彼女の頬がどんどん熱を帯びてくる様子が見て取れた。

「夜景が綺麗だ、おいで」

グラスを置き、彼女を窓際まで連れ出す。ホテルの上層階、スイートルームの大きな窓ガラスの向こうには、輝く夜景が広がっている。

夜景を眺める操の背後に立った僕は、彼女の肩を抱く。耳に軽く息を吹きかけると、僕の腕の中でぴくりと身体がふるえた。

「諒介さん……待って」

「待たない」

「でも、外から見える」

もとから僕は妻の乱れた姿を、誰かに見せるつもりはない。

「そのまま動かないでくれ」

花嫁衣装の操をその場に留めると、僕は部屋の照明を落とす。

室内が暗くなれば、外から見えにくくなるが、操はまだ不満そうだった。

「君はただ、外の景色を楽しんで」

そう言ってキスを彼女に贈ると、しぶしぶと、ふたたび僕の腕の中に収まってくる。

首まであるドレスを着ている彼女の、今触れられる素肌は指と顔だけだ。

僕は彼女の左手を取ると、うしろから自分の唇に近付け、指先を口に含んだ。

揃いのシンプルな指輪のはまる薬指の先を、丁寧に舐め上げる。指先を舌で叩くと、操は小さく吐息を漏らす。耳元近くでわざと音が聞こえるように吸い上げてみる。彼女は手を引っ込めようとするが、それは反応している証拠だった。

僕は自由なほうの手で、ドレスの裾をうしろから手繰り寄せ、中に手を滑り込ませた。

操の腿の位置辺りまでは壁があるから、外からは乱れた裾は見えない。それを本人もわかっているのか、振り返り、どこか期待した眼差しを向けてくる。

重なったパニエの防御をかわして辿り着いた場所は、すでに湿り気を帯びていた。

「操、ここがすっかり潤んでいるじゃないか」

「さっき、目で犯されたせいです」

僕を軽く睨んでくる操の顔は、火照っている。

大人しくしているのも限界に達したらしい。突然くるりと向きを変えると、自分からキスをねだってきた。

しっかりと僕の首に手を巻き付けて、身を擦りつけながら、唇を重ねてくる彼女はとても淫らだ。

こんなにも清楚なドレスを着ているのに、煽情的に潤む瞳で僕を煽ってくる。いつまでも素直なのに、スイッチが入ると男を翻弄する女になる。そのギャップが、どれほど男を興奮させることか。彼女はわかっているのだろうか。

僕は操の身体を抱えると、窓台の部分に座らせた。

「ドレスの裾を持って、自分でめくって。見たい。……お願いだ」

彼女も僕を求めているから、ためらいながらも「お願い」を聞き届けてくれる。

パニエごと抱えるようにしてスカート部分が持ち上げられると、白いストッキングに包まれた彼女の細い足首が……引き締まった脹脛が……そしてガーターベルトのまかれた柔らかな腿が露わになる。

僕は跪いて、愛を乞うように彼女の内腿にキスをした。

「諒介さん……あっ」

自らの痕跡を残そうと強く吸いつけば、官能的な声が漏れ聞こえてくる。

もっとそれを引き出したくて、しっとりと濡れたショーツ越しに、女性の最も敏感な部分を探っていく。

宝探しは簡単だった。上に、下にと何度か谷間を往復すれば、すぐに膨れ上がってきて自らその位置を示してくれるのだから。

それに、白い下着は僕の唾液か操の蜜に濡れ、少し透けているように見える。穢れのなかった下着をもっと汚してしまいたくて、僕はわざと唾液を含ませ、突起を刺激した。

「あっ……んっ……諒介さん……私、ベッドに行きたい」

「まだだめだ。一度だけの花嫁姿だから、もっと堪能したい。さあ、きちんと脚を開いて。気持ちよくしてあげよう」

肉芽への刺激を続けながら、ショーツの隙間から秘所を探る。ぐっしょりと濡れた入り口を掻き回すと、どんどんといやらしい蜜が溢れてくる。

「だめ、汚れちゃう……」

「大丈夫。全部綺麗に舐めてあげるから」

卑猥な音を立てながら、流れ出てくる蜜を舌ですくいとる。内腿が汚れれば、そこも綺麗に。

「操、また溢れてきた」

「いや……言わないで……あっ、んっ」

恥じらいながら、彼女は中をうねらせる。

きっと、感じやすい二つの箇所をもう少し強く刺激すれば、操はすぐに達してしまうだろう。

だが、僕はあえてそれをしない。わざと時間をかけて、彼女が涙をためながら、本気で僕を求めてくれるのを待つ。

「諒介さん、っん、お願い……」

「なんのお願い？　ここで達したい？」

少しだけ肉芽への刺激を強くすると、「一人ではいや」と彼女は首を横に振る。そして跪く僕のほうへ、必死につま先を延ばしてきた。

足の親指が、隠していた雄の欲望に触れる。たったそれだけで、全身に熱が駆け巡り、今すぐに身体を繋げたい衝動に駆られた。

「どうしてそんなに人を煽るのがうまいんだい？」

操は、うっとりとした表情で僕の昂りに触れる行為を楽しんでいる。

このままでは、あっさり主導権を握られてしまいそうだ。自分達の関係の変化に、喜びすら感じる。

「とても、いやらしくなった」

「そんなの……全部、諒介さんのせいです」

そうだ。僕が彼女を変えた。

「だったら、責任をとらないといけないな」

彼女を抱え、ベッドルームに移動する理性が残っていた自分を褒めたい。

そっと操をベッドの上に下ろすと、ドレスの裾が円を描きながら、美しい波のオブジェを作り出す。だが僕はもう、花嫁衣装を愛でるより、それを乱すことに夢中になっていた。

背中のくるみ釦も、その先にあるコルセットの金具も、全部外して半裸にする。露わになった胸を嬲りながら、濡れそぼった操の蜜壺に、僕の欲望を躊躇なく突き立てた。

「ん、ああっ……ねえ、まってドレスを……」

「余裕だな」

操はまだ、ドレスの皺を気にしている。

そんな彼女の最奥に、先端がしっかりと届くように腰を押し付けた。

「やっ……違う、余裕なんて！　あっ……ん」

ベッドルームの大きな鏡台には、穢れのない色をした衣装を乱しながら、絡み合う男女の姿が映っている。裸で抱き合うより背徳的に思える情景が、さらに僕を追い詰めていく。

「……諒介さん」

よそ見をしたことに気付いたのか、操は僕の頬に触れて、正面を向かせてきた。

自然と見つめ合い。唇が重なり合う。

伝わる温もりが、狂おしいほど愛おしい。

「新婚らしく、三日くらいこのまま籠もっていようか」

わりと本気で提案してみると、すぐに彼女が逃げ腰になった。

もちろん、絶対に逃がさないけれど。


翌朝。眠る操を起こさぬように寝室を出たあと、自分だけシャワーを浴び、リビングルームのほうに朝食を準備してもらう手配をした。

ホテルの客室係が、食事をすべて並べ終え退室したところで、愛しい妻を起こしにかかる。

「おはよう、僕の奥さん」

「う……ん。まだ眠い」

布団に半分埋もれている彼女の寝ぼけた顔は、ただ職場で見ているだけだった頃より、ずっと幼く見える。

僕だけに見せる無防備な顔だ。

いつまでも眺めていたいが、食事をそのままにしておくと、ホテルの名物だという焼き立てのパンが硬くなってしまう。

「朝食を食べよう」

こめかみにキスをしながら囁（ささや）くと、操は眠そうに目を擦りながら言った。

「……目玉焼きは半熟で」

「今は家じゃないから。エッグベネディクトも悪くないだろう？」

「ベネ……？」

そこで操がパチリと目をあけた。きょろきょろと周囲を確認し、納得した顔になる。

「ああ、そうでした。家じゃなかったんだ」

「そんなに好きなら、家に帰ったら毎日でも半熟の目玉焼きをつくろう。愛しい奥さんのためにね」

寝ぼけて目玉焼きの注文をするほど好きだとは知らなかった。

まだまだ、お互いに知らないことがあるのだろう。新しい発見は、僕にとって小さな喜びだ。

しかし操は起き上がると、寝ぼけながら言った言葉を、恥（は）ずかしそうに否定する。

「違うんです。目玉焼きが好きという訳じゃなくて。……私が寝坊した時、朝食を作ってくれる諒介さんの姿を見ると、ものすごく幸せだなって思って……」

真面目な操が寝坊した時とは、つまり今朝のように、僕が深夜か明け方まで彼女を解放しなかった時だ。

せめてもの贖罪（しょくざい）の意味で、率先して家事をしているのだが、まさかそんなことを喜んでくれていたとは。

「最初の朝もそうでした」

「ああ、そういえば」

「あの朝、私は本当にどうすればいいのかわからなくなりました。こんな素敵な人、好きにならずにいられないって。でも、諒介さんの気持ちは違うと思ってたから……」

朝の光に包まれた操は、はにかんだ笑みで僕に言う。

「私を好きになってくれて、ありがとう」

僕が彼女に全面降伏した瞬間だった。

朝も昼も夜も……二十四時間三百六十五日、この笑顔を守るために、生きていくのだと実感した。

§

「専務、今日も愛妻弁当ですか。うらやましい」

会社での昼休み。問いかけてきたのは、新しく僕の秘書となった男性社員で、名前を安田(やすだ)という。

「ん？　ああ、今日は会食の予定がなかったからね」

一瞬言い淀んでしまったのは、まだ慣れない新しい役職名で呼ばれたからであって、この弁当が愛妻弁当ではないことを隠しているからではない。

僕は結婚式の翌朝以来、すっかり料理にはまっている。妻が褒めてくれるし、喜んでくれるから。今や完全にキッチンは僕のテリトリーになっていた。

入籍したての頃には、彼女の手料理が食べたくて何度か弁当を頼んだが、操はあまり乗り気ではなかった。

そして気付いた。自分で作り、彼女に食べてもらうという方法もあるのだと。

「結城さんって、料理も得意なんですね。いいなあ」

安田は僕の弁当を眺めながら、しみじみと言った。

（なぜそこで、鼻の下を伸ばす。お前は僕の妻のどんな姿を想像した？）

そういう男の態度を見ると、やはり誤解は正すべきなのかと真剣に悩む。

僕と結婚したあともその立場を一切利用せずに、真面目に仕事に打ち込む彼女の姿は周囲から好意的に捉えられている。

そのうえ、料理上手で家庭的との噂まで一人歩きしてしまっている。

人妻となった彼女を口説こうなどという不届き者は存在しなくとも、若手の男性社員の何人かは、操に一種の憧れのようなものを抱いている気がしている。

本当の彼女は、そんな万能超人ではなく、苦手なことは正直に苦手だと言ってくれる、かわいらしい女性だというのに。

行き過ぎた理想像ができあがってしまうのもいやだが、僕しか知らない彼女のプライベートの一面をわざわざ他人に教えてやる義理もなく、いつも葛藤(かっとう)しているのだ。

目の前の安田も、操のことをやたら褒(ほ)める。上司への機嫌取りなのか、本気で思っているのかが判断できない。

僕が悶々(もんもん)と悩んでいると、安田は人好きのする笑みで、ある提案をしてきた。

「今度専務の家に招待してくださいよ。ホームパーティーとかどうです？ 結婚式に招待してもらえなくて、がっかりしている人も多いんですよ。ホームパーティーとかどうです？」

「ホームパーティー？」

そこでつい、想像してしまった。

エプロンを着けた操の姿を。

ホームパーティーなんて彼女は間違いなくいやがるし、僕も家に人を呼ぶことに興味はない。それでもつい、見たことのない、操のエプロン姿を想像した。

そういえば、彼女は掃除の時もエプロンをつけていない。そもそも持っていない可能性が高い。

「……悪く、ないな」

結婚以来、愛する妻を喜ばせようといろいろなプレゼントを贈っているが、はっきり言って相手の心に響いている気がしない。高級品は金庫にしまわれてしまうし。

次のプレゼントは、エプロンにしよう。趣味と実用性を兼ね備えた素晴らしいアイテムだ。

そんな気持ちが、知らぬ間に独り言となって漏れ出ていた。そして、一人で浮かれていた。

数時間後、「うちでホームパーティーを開くって噂が届いたんですが、どういうつもりですか？」と、冷ややかに怒る妻の視線を、正面から浴びることになるとも知らずに。

上司と部下の数年後

書き下ろし番外編

実家から荷物が届いたのは、結婚式から一か月ほどたった休日のことだった。

宅配業者さんに「気を付けて！」と伝えられながら受け取ったその荷物は、ずっしりとした重さがある。

「随分大きな荷物だね」

荷物を抱えてリビングへ向かう途中で諒介さんが気付き、私の代わりに運んでくれる。

段ボールは実家の工房で使用しているものだったが、テープの貼り方から、出荷製品とは違う適当さが垣間見える。

これはきっと、父からではなく母からの荷物だ。

「お米かな……？」

実家は家具工房なので、農業はしていない。でも土地柄、ご近所さんからの頂き物を仕送りしてくれることがある。私は過去の経験から、この重さはお米ではないかと推測した。

「……いや、品名には布類、紙類とあるよ」

諒介さんが、ラベルを見ながら指摘してくる。

確認してみると、確かに諒介さんの言うとおりで、母の文字で「布類」「紙類」とある。

「なんだか資源ゴミの日みたいな記述ですね。……お母さんらしい」

母は頑固（がんこ）な父とは正反対のふんわりとした性格をしているから、ラベルの表記もふんわりとしたものになっていた。

一体なにが入っているのだろう。期待半分、不安半分で段ボールを開けていく。

「あっ……これ、全部実家に置いたままになっていた私のものです」

中に入っていたのは、古いクマのぬいぐるみと数冊のフォトアルバムだった。

添えてあった母からのメッセージカードを読むと、「急に思い立って大掃除をしたら出てきた。片付かないから自分で管理してちょうだい」とのことだ。

母が送ってくれたクマのぬいぐるみは、物心が付く前からいつも一緒に眠っていた一番のお気に入りだ。アルバムは母が管理している幼少期のものではなく、中学以降に父からお下がりのデジタルカメラを譲ってもらい、私が撮った写真を整理したものだ。

「懐かしいな……」

私は箱の中からフォトアルバムを取り出して、ぱらぱらとめくっていく。友達とのツーショットや、セルフタイマーを使った集合写真など、当時の流行を感じさせるポーズを取ったもので溢れている。

「どれどれ。僕も昔の操が見たい」

諒介さんが横から覗き込んできたので、なんだか恥ずかしくなってアルバムを閉じようとしたが、彼に阻まれてしまう。

「これは中学生の頃か。……初々しいな。すっぴんなので！」

「あまりじっくり見ないでください。すっぴんなので！」

「今だって、毎日化粧落とした操の顔を見ているよ」

諒介さんはお世辞なのか本気なのか、かわいいを何度も繰り返しながら、私より熱心にアルバムを眺めていた。

そうして段ボールの中に入っていたアルバムを確認していき、最後の一冊にたどり着いた時、おやっという表情で私のほうに視線を移してくる。

「これは修学旅行の写真？　面接の時に操が修学旅行の話をしていたのを覚えているよ」

諒介さんの言葉にはっとして、私は手を伸ばしてアルバムをめくっていく。

「諒介さん、これです！　これが私の原点なのかも……」

手を止めたページは、他と同じように楽しそうにはしゃぐ自分と友人達を写したものではなく、都会の町並みを写したものだ。

目にした瞬間に、当時のことが私の脳裏に鮮やかに蘇っていく――

§

私がはじめて東京を訪れたのは、中学校三年生の修学旅行でのこと。

皇居、議事堂、それに美術館と博物館……それからパンダ。歴史と文化に触れる盛りだくさんの日程の中、半日だけグループでの自由行動が許されていた。

そこで、友人達と「絶対にここに行こう！」と決めたのが渋谷・原宿周辺だ。

一番の目的は食べ歩き。テレビやネットで話題になっている最新のスイーツを堪能することだった。

渋谷のスクランブル交差点では、人混みにまぎれながら写真を撮った。

正面には人気歌手の新曲の広告、それに映画の広告が並ぶ。いつもテレビで見ている場所に、自分は今立っているのだ。

上ばかり見上げてしまう田舎者の私は、振り返った先にあった駅ビルに設置された広告に、心惹かれた。

「わーすごい、かっこいいなぁ。どこのブランドだろう」

感嘆の声を上げながら、気付けば手にしていたデジタルカメラのシャッターを押していた。

ファッション関連の広告だということはわかる。ブラウンのワンピースを着た女性が横たわる構図で、彩度が抑えられたシックなカラーなのに口紅だけが赤く映えて、魅力的な大人の女性を強調していた。ブランドの名前は知らないものだった。横文字が並んでいて、なんと読むのかもわからない。近所のショッピングモールにはないブランドだった。中学生には不相応なブランドであることも想像できたが、その広告は確かに私の目に焼き付いた。

原宿に行く途中で通りかかった表参道でも、おしゃれなディスプレイの前で何度足を止めたことだろう。

「操、どうしたの？　早く行こうよ！」

「すぐ追いつくから、先に行ってて」

食べ歩きが目的だった私の東京観光は、いつしか「おしゃれなもの」を探す旅になっていた。

私が服に興味を持ったきっかけは、間違いなくこの日目にしたもの、写真に収めたものにある。

家に帰ってから、写真はちゃんと現像した。

ブランドを調べたり、小遣いからファッション雑誌を購入したりするようになったのもこの頃からだ。

雑誌で気に入ったものを切り抜いて、自分の理想を集めたスクラップブックを作るのも楽しかった。

大学は服飾科を選び、本格的にアパレル業界を目指すことになった私は、就職活動で原点に返ることとなる。

第一志望として就職の面接に挑んだ企業こそ、最初に渋谷で見た広告を出していたブランドを有する、今の会社だったのだ。

一次試験はグループディスカッションで、担当者として現れたのが諒介さんだった。

「はじめまして、婦人部の瀬尾です」

この時の諒介さんはビジネスカジュアルの装いで、とても気さくな雰囲気だった。

新人を教育する立場になった若手社員なのだろうと思っていた。

そしてやはりファッション業界で働く人は洗練されていて素敵だな、などと密かに憧(あこが)れの念を抱いたものだ。

ディスカッションのテーマは「これからのファッション業界について」だ。

先細りと言われるファッション業界で、ブランドはどうやって生き残っていくかを問うものだった。

「ここでは失敗や不正解などないから、恐れず自由に意見を出してほしい」

諒介さん主導のもとで行われた一次試験は、和やかにはじまり、時に白熱した。

私も恐れずに積極的に発言することができて、これが試験だということを忘れてしまったくらいだった。

無事に一次のグループディスカッション、そしてその後の実技の試験を通過し、迎えた最終面接。

私は、再び諒介さんと顔を合わせた。

この日は他に会長、社長、常務、それにデザイナーの龍之介チーフがいて、五対一での面接だった。

まずは自己アピールの時間だ。

前回はラフなビジネススタイルだった諒介さんも、最終面接ではきちっとした三つ揃いのスーツを着用していて、私はそこから一次とは違う空間なのだと認識し、緊張でガチガチになってしまう。

その緊張を解いてくれたのは、前回に引き続き進行役の諒介さんだった。

「一次の時の元気さがないね。一回深呼吸してみようか?」

砕けた口調で親しく話しかけてくれた。私は言われたとおり大きく深呼吸をしてから、精一杯背筋を伸ばしてまっすぐ前を見た。

「本日はお時間をいただきありがとうございます。吾妻（あずま）文化大学服飾課四年、結城操と申します」

簡単な自己紹介のあと、自分から志望動機を話していく。

「私は中学三年生の修学旅行ではじめて訪れた東京で、御社の広告と出会ったことがきっかけとなり、ファッションに興味を持ちました」

「ほう、どの広告のことだろう」

私の発言に反応してくれたのは、会長だったはず。

「七年前のオータムコレクションです。ブラウンのワンピースを着た女性の広告を渋谷駅で見つけました。都会の洗練されたファッションに圧倒され、憧（あこが）れを持ったんです。今回はパタンナーとして応募させていただきましたが、服のデザインにも大変興味があります。しっかり働きながら夢を追いたいです。御社ではそういうチャンスがあると伺いました。ぜひ働ける機会、そして挑戦する機会をいただきたいと思っております」

「なるほど、よくわかりました」

進行役の諒介さんは頷いたあと、面接官達に目配せをした。

きっと何か質問をされるのだろう。事前に準備できていないことを聞かれても、ちゃんと答えられるだろうかと私は身構えた。

真っ先に手を上げたのは、龍之介チーフだ。

「今日はデザイン画も持ってきているのかな？　見せてくれる？」

私は「はい」と返事をして、これまでこなしてきた課題をファイリングしたものを差し出す。龍之介チーフはそれをじっくり見てから言った。

「エントリーシートの好きなブランドでも名前を出しているけど、一条菜々子さんの影響を受けているようだね」

龍之介チーフの言葉に、私はどきりとする。

確かにデザイナーの一条菜々子先生は私の憧れの存在だったが、自分のデザインが強く影響を受けているとまでは思っていなかったからだ。

オリジナリティがないという指摘をされたうえに、他社のブランドに心酔していることを露呈させてしまったのだと、私は焦った。

これは、大きな失敗だ。

不安が顔に出てしまったか、龍之介チーフは笑いながら「悪い意味じゃないよ」と言ってくれた。

デザイン画は会長にも回されていく。日本のファッション界で知らない者がいないほどの重鎮が、私の作品を見ている。その事実だけでなんだか落ち着かない。

ここでどんな評価が出されるのか、私は緊張しながらひたすら待った。

デザイナーとして応募したわけではないけれど、才能がないと言われやしないかと不安になってしまったのだ。

会長はデザイン画を眺めたあと、掛けていた丸い眼鏡を少しだけ上げて私と視線を合わせてきた。

「君は絵の勉強をしていたようだね」

「はい。子供の頃、絵画教室に通っておりました」

「それは素晴らしい。よい環境を与えてくれた親御さんに感謝を忘れずに」

会長が優しい瞳でそう言ってくれた時、私の脳裏には、仲違い中の父の顔が浮かんでいた。

その後無事内定をもらった私は、春には希望の婦人部に配属されることとなった。

そしてただの進行役と思っていた若い面接官——諒介さんが、実は会長の孫でとても偉い人だったと知る。

§

私と諒介さんは、アルバムを見ながら二人で昔話に花を咲かせていた。

「あの時、エントリーシートの要項に好きなブランドがたくさん書いてあって、この子は馬鹿正直だなと思ったな。うちみたいにいくつものブランドを抱えていると、そればかり書く学生が多いんだ。でも君はうちのブランドをひとつしか書かなかった」

「……だって、ターゲット層が違うブランドが多いじゃないですか」

その時会社は、婦人服だけで五つのブランドを持っていたはずだが、当時はファストファッションのブランドを手がけていなかったので、学生にとってはちょっと背伸びが必要な服が多かった。

だから私が「この服が大好きで愛用しています！」と偽りなく言えるものはなく、「いつか着こなしたい、素敵なデザインの服を作っているブランド」という存在だった。

「そのとおり。それでも無理に書いてしまう学生のほうが圧倒的多数だ。……それに面接でも、表情がくるくる変わって素直だった。龍之介の指摘に顔を青くさせたりほっとしたり……」

諒介さんが懐かしそうに語る過去が自分に関することだなんて、なんだか不思議な気分だ。

「よくそんなことまで覚えてますね」

出会ってから数年間の私と諒介さんの関係は、特別なものではなかったから。

私にとっての彼は尊敬できる憧れの存在だったけれど、彼にとっての私は数え切れないほどの入社希望者の一人から、たくさんの部下の一人になった程度の存在だったはず。だから彼が入社前の出来事まで、こんなに詳しく覚えていてくれるとは思わなかった。

「どうしてだと思う？」

向けられた笑みにどきりとさせられる。まるで特別な意味があるように思えて、私は思わず顔を赤らめた。

「今、操は一体なにを想像して、頬を染めているんだ？」

からかうように諒介さんは言う。彼らしく、ちょっといじわるに。

「知りません。……きっと私の気のせいです」

「気のせいじゃない。僕はきっとはじめから操に惹かれていたんだろう。自分でも知らず知らずのうちにね。片思いだったのかもしれない」

諒介さんは、ふいに私の後頭部に手を回してくる。

「やっぱり、どう考えても僕のほうの〝好き〟が勝ってる」

おでこをこつんと合わせながら、諒介さんは甘く囁いてきた。

私は今でも、こんな素敵な人が自分の夫になってくれたことが夢なのではないかと思ってしまうほどなのに、なぜか諒介さんは私の〝好き〟を過小評価する。

「諒介さんのことは憧れの上司で、……雲の上のような存在だと思っていたんです」

好きになるとかならないとか、そんなことを考えたらいけない相手だった。はじめて二人で飲みに行ったあの夜でさえ、浮かれて勘違いしないようにと自分に言い聞かせていたくらいだ。

でも今は、こうしていつでもキスができる距離に彼がいる。

それを実感したくて、溢れ出しそうになっている〝好き〟を伝えたくて、私は自分から彼に唇を寄せた。ゆっくりと、その温もりを確かめるように。

すると諒介さんは、お返しとばかりに、強く深く唇を重ねてくる。

アルバムの中の中学生の自分に教えてあげたい。あの日から夢見た道を進んでいけば、きっと素敵な未来が待っているよと。

恋愛小説「エタニティブックス」の人気作を漫画化!
EC
Eternity COMICS
部長、なんか今日いじわるです1~2
キスだけでこんな顔になっちゃうところも
そそるね
声が…っ
ふ…っ
あ…っだめ…
漫画 青井キリセ 原作 戸瀬つぐみ
服飾会社で働く操(みさお)は、両親から実家に戻ってお見合い結婚しろ、と猛攻撃を受ける。仕事を続けたい操は婚活も頑張ったが、処女であるがゆえに自分の体に自信が持てず誰とも関係を深められないでいた。万策尽き、上司の瀬尾(せお)に退職を切り出す。と同時に、そうした事情も打ち明けると、瀬尾から「その重いバージン、僕にくれない?」と、衝撃の申し出が…! 憧れの上司の発言に、つい流されてしまった操。さらには瀬尾のSっ気を覚醒させてしまったようで……
原題:「処女が重い! ～一夜からはじまる上司とのアブナイ関係～」
B6版 各定価:704円(10%税込)
隠れSな上司の淫らな甘やかしが止まらない!?

恋愛小説「エタニティブックス」の人気作を漫画化!
EC
Eternity COMICS
極甘マリアージュ
~桜井家三姉妹の恋愛事情~
1
漫画：コヨリ
原作：有允ひろみ
もとい…
花の許嫁！
このまま…
花の初めてが欲しい
家族ぐるみで仲のいい桜井家と東条家。桜井家の三女・花は東条家の一人息子・隼人に長らく想いを寄せていた。
しかし、彼は姉の許嫁で——。
時は巡り、それぞれ別の相手と結婚した二人の姉に代わりなんと三女の花に隼人の許嫁が繰り下がってきて!?
姉の許嫁であり、絶対に叶わない恋の相手でもあった隼人と、思いがけず想いを通わせることになった花。
そんな彼女に待っていたのは、心も身体も愛され尽くす夢のような日々で——!?
許婚との婚約生活は
濃密な愛を
注がれる日々で…!?
B6判　定価：704円（10%税込）　ISBN：978-4-434-31336-3

恋愛小説「エタニティブックス」の人気作を漫画化!
EC
Eternity COMICS
［漫画］
アルミ缶
［原作］
にしのムラサキ
ぱぁっ
会え…っ
…なんか不機嫌そう…!?
ずぉん
食べられそう
いや 可愛いと思って
ぱちゅん
欲しがってくれて嬉しい
ビクッ
ビクン…ッ
あ
あぁ
お見合い相手は無愛想な警察官僚でした
Omiai aite wa Buaiso na Keisatsu Kanryo deshita
誤解まみれの溺愛婚
須賀川美保、二十六歳、結婚適齢期。親の薦めでお見合いした相手は、コワモテで無愛想な警察官僚の鮫川修平さん。とんとん拍子に話は進んで夫婦になったものの、旦那様は寡黙で何を考えているのかいまいちよくわからない。でも、体は口ほどに物を言う（?）のか、絶倫な彼の愛情表現は止まらなくて——!?
寡黙な手でカラダへ刻まれる
極あま愛!?
B6判　定価：704円（10%税込）　ISBN 978-4-434-31148-2

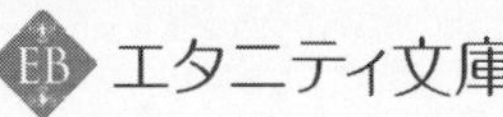

愛されすぎて…どうにかなりそう！

お見合い相手は無愛想な警察官僚でした
～誤解まみれの溺愛婚～

エタニティ文庫・赤　**にしのムラサキ**　装丁イラスト／炎かりよ

文庫本／定価：704円（10%税込）

警察庁長官の父親の薦めで、コワモテな警察官僚の修平（しゅうへい）とお見合い結婚した美保（みほ）。晴れて夫婦になったけど……彼が結婚を決めたのは出世のため？　私がお偉いさんの娘だから？　美保の疑念をよそに、旦那様は口下手ながらも、破壊力抜群の甘い言葉を囁いてきて……!?

※エタニティブックスは大人の女性のための恋愛小説レーベルです。ロゴマークの色で性描写の有無を判断することができます（赤・一定以上の性描写あり、ロゼ・性描写あり、白・性描写なし）。

詳しくは公式サイトにてご確認ください。
https://eternity.alphapolis.co.jp

携帯サイトはこちらから！

本書は、2019年11月当社より単行本「処女が重い！〜一夜からはじまる上司とのアブナイ関係〜」として刊行されたものに、書き下ろしを加えて文庫化したものです。


この作品に対する皆様のご意見・ご感想をお待ちしております。

おハガキ・お手紙は以下の宛先にお送りください。

【宛先】

〒150-6008 東京都渋谷区恵比寿4-20-3 恵比寿ｶﾞｰﾃﾞﾝﾌﾟﾚｲｽﾀﾜｰ 8F
（株）アルファポリス　書籍感想係

メールフォームでのご意見・ご感想は右のＱＲコードから、
あるいは以下のワードで検索をかけてください。

アルファポリス　書籍の感想　検索

ご感想はこちらから

エタニティ文庫

部長、なんか今日いじわるです

戸瀬つぐみ

2023年1月15日初版発行

文庫編集－熊澤菜々子
編集長 －倉持真理
発行者 －梶本雄介
発行所 －株式会社アルファポリス
〒150-6008 東京都渋谷区恵比寿4-20-3 恵比寿ｶﾞｰﾃﾞﾝﾌﾟﾚｲｽﾀﾜｰ8F
TEL 03-6277-1601（営業） 03-6277-1602（編集）
URL https://www.alphapolis.co.jp/
発売元－株式会社星雲社（共同出版社・流通責任出版社）
〒112-0005 東京都文京区水道1-3-30
TEL 03-3868-3275
装丁イラスト－アオイ冬子
装丁デザイン－ansyyqdesign
印刷－株式会社暁印刷

価格はカバーに表示されてあります。

落丁乱丁の場合はアルファポリスまでご連絡ください。

送料は小社負担でお取り替えします。


ISBN978-4-434-31477-3 C0193